读客彩条外国文学文库

熊猫君激发个人成长

萨拉马戈作品

死亡间歇

[葡] 若泽·萨拉马戈 著

符辰希 译

北京日报出版社

图书在版编目（CIP）数据

死亡间歇 /（葡）若泽·萨拉马戈著；符辰希译
. -- 北京：北京日报出版社，2022.10（2025.5 重印）
ISBN 978-7-5477-4348-5

Ⅰ.①死… Ⅱ.①若… ②符… Ⅲ.①长篇小说－葡
萄牙－现代 Ⅳ.① I552.45

中国版本图书馆 CIP 数据核字 (2022) 第 119494 号

AS INTERMITÊNCIAS DA MORTE
Copyright © 2005, José Saramago
Simplified Chinese edition copyright © 2022
by Dook Media Group Limited
All rights reserved.

中文版权：© 2022 读客文化股份有限公司
经授权，读客文化股份有限公司拥有本书的中文（简体）版权
图字：01-2022-4413号

死亡间歇

作　　者：［葡］若泽·萨拉马戈
译　　者：符辰希
责任编辑：杨秋伟
特约编辑：夏文彦　　王　品　　朱亦红
封面设计：陈艳丽
出版发行：北京日报出版社
地　　址：北京市东城区东单三条8-16号东方广场东配楼四层
邮　　编：100005
电　　话：发行部：（010）65255876
　　　　　总编室：（010）65252135
印　　刷：三河市中晟雅豪印务有限公司
经　　销：各地新华书店
版　　次：2022年10月第1版
　　　　　2025年5月第5次印刷
开　　本：880毫米×1230毫米　1/32
印　　张：7.5
字　　数：137千字
定　　价：59.90元

AS INTERMITÊNCIAS
DA MORTE

献给皮拉尔，我的家

我们将知道的越来越少，做人意味着什么。

——《预言之书》

比如当你更深入地思考死亡，如果你没有就此发现新的形象、新的语言界限，那实在不正常。

——维特根斯坦

1

　　第二天，没有人死去。此事实在有违常理，所以给许多灵魂带来了极大的困扰，从任何角度而言，这种影响都可以理解，只消想想，皇皇四十卷全球史，从未记载过类似的现象，一个例子也找不到，一整天过去，二十四小时的挥霍，白昼黑夜，日出日落，没有一场抱病而终，没有一回失足坠亡，没有一桩成功自杀，没有，什么也没有。节假日里，总有人因为不负责任的逍遥和摄取无度的酒精在路上互相挑衅，看谁头一个抵达死亡，可是并没有司空见惯的车祸死亡。跨年的欢庆没有像往常一样，在其身后留下一串灭顶之灾，仿佛长着一嘴龅牙的老阿特洛波斯[1]决定将她的剪刀藏起一天。

1　阿特洛波斯，希腊神话中命运三女神之一，职责是剪断人的生命线，所以常被描绘成一位拿着剪刀的老妇人。——译者注（若无特殊说明，本书注释均为译者注）

不过，流血是有的，而且不少。消防队员们困惑错愕，惶惶不安，强忍着恶心从一堆残骸中拖出血肉模糊的人体，根据撞击的数理运算，他们是必死无疑了，可是，无论事故多么严重，创伤多么痛苦，他们仍然活着，一路伴随着救护车刺耳的警报声被送往医院。他们不会死在半路途中，并且将推翻最悲观的诊断，这个倒霉鬼没救了，不用浪费时间给他动手术，外科医生边整了整口罩边对护士说。如果早发生一天，这个可怜人的确无可救药了，可事实很清楚，受伤者拒绝死去。这里如此，全国皆然。旧年最后一天的半夜十二点前，人们仍然接受死亡，无论在生命结束这个根本问题上，还是在临死一刻选择结束的方式上，虽然体面、庄重的程度不一，却都还循规蹈矩，依例而行。有一桩事例尤为有趣，有趣是因为故事的主角特殊，乃是德高望重的王太后。在十二月三十一日二十三点五十九分，没有人会幼稚到为太后陛下的存活赌上哪怕一根烧过的火柴棍。希望殆尽，医生在无情的医学铁证前缴械投降，王室成员按等级次序环立床边，无奈地等待着女族长咽下最后一口气，可能还会有只言片语的遗训，或许是一句意义深长的临终教诲，劝勉亲爱的王子王孙修养德行，或许是一行佳词美句，送给未来健忘的臣民。然后，时间仿佛停止了，什么也没发生。太后的病情没有好转也没有恶化，原处暂停，虚弱的身体悬于生死边缘，看上去时刻摇摇欲坠，死亡，也只可能是死亡，不知出于怎样的古怪任性，仍然攥着她不放，只有一线游丝连接着生命这头。现在已经跨入了第二天，正如故事开头所说，今天没有人会死。

时近傍晚，已经有传言开始散播，从新年开始，准确地说是一月一日凌晨零点，全国没有一例死亡报告。可以推想，这则传言或许源于奄奄一息的太后对死亡做出的惊人反抗，但事实上，宫廷新闻办公室在当日的常规医疗报告中，不仅向媒体透露太后的病情在夜间整体好转，甚至措辞小心地暗示，或是让人以为，太后的宝贵龙体有希望彻底康复。乍看之下，自然会想到，传言可能是从某家殡仪馆流出的：看来没人想在新年第一天死去；或是出自一家医院：二十七床的那个家伙不死也不活；或是出自交警部门的新闻发言人：这的确是个谜，路上出了那么多车祸，却没有一例死亡以儆效尤。风言风语的最初源头不得而知，虽然这与此后发生的事相比显得无足轻重，但传言还是见诸报纸、广播和电视，并且让所有的编辑、助理和总编立刻竖起了耳朵，他们不但善于老远就嗅出世界历史的重大事件，而且在夸大其词方面也训练有素。不消一会儿，路上就冒出了几十个调查记者，随便逮到张三李四就盘问一通，与此同时，编辑部也炸锅了，电话机组以相同的探究热情震动个不停。他们打电话给医院、红十字会、太平间、殡仪馆、警局，打给所有这些，秘密情报局除外，原因不难理解，但所有的答复都简洁明了，如出一辙，没有死人。一个年轻的电视台女记者比较走运，她采访到一位路人，他一会儿看着女记者，一会儿看着镜头，其讲述的亲身经历简直就是太后陛下的翻版，当时正是半夜十二点，他说，我爷爷眼看就要走了，可就在钟楼敲响最后一下之前，他突然睁开了眼睛，好像后悔刚要迈出的那一步，他没有死。女记者兴奋至极，完全不顾被访者的反对与哀求，啊女士，求你了，不行，我得去药店，爷爷还等着我买的药呢，她一把将他推进采访车里，来，跟我来，你爷爷不需要什么药了，她高喊道，并让司机火速开往演播室，此时此刻，演播室里正有三位专家准备就这一奇异现象展开讨论，具体说，是两位显赫的巫师和一位著名的预言家，他们被匆匆召来对这一异象进行分析，发表意见，已经开始有些百无禁忌的幽默人士称其为死亡罢工。自信的女记者带着极大的幻觉在工作，她按字面意思理解了被访者的话：垂死者反悔即将迈出的一步，也就是死亡、去世、翘辫子，于是决定返回。那个幸福的孙子说的是，垂死者好像后悔了似的，这跟一句简单粗暴的垂死者反悔了有着天差地别。一点基本的句法知识和对动词时态的起码了解，足以避免这样的错误，这个可怜的女孩儿也不至于被上级训斥得面红耳赤，无地自容。但是，无论领导还是记者都没有想到，被访者在直播中复述了这句话并在当天的晚间新闻里重播后，数以百万的观众产生了同样的误解，在不久的将来，这会造成令人不安的后果，一场运动应运而生，参与的民众坚定地相信，仅仅通过意志力的作用，死亡是可以战胜的，所以，先前的祖祖辈辈枉然离世，都可被诟病为意志力薄弱。事态并未就此打住。鉴于人们无须做出什么明显的努力也照样不死，另一场群众运动接踵而至，该运动的蓝图更加雄伟，它宣告，人类自古以来长生不老、逍遥尘世的美梦，已变为人人可享的福利，就像每天的日出与呼吸的空气一样。虽说两派势力要争取同一拨选民，在某一点上双方达成了一致，他们同意提名那位勇敢的老战士当荣誉主席，作为杰出的先行者，他在至关重要的一刻挑战并击败了死亡。众所周知，没人真会在意，从各项指标来看，这位可怜的爷爷陷于不可逆的深度昏迷之中。

用危机一词形容我们讲述的这些离奇事件也许并不恰当，因为这样的生存状态得益于死亡的缺席，称它为危机是荒谬、冒失、不合常理的，但是，我们可以理解，为什么一些汲汲于知情权的公民在思考、自问并互相质询，政府究竟怎么了，迄今为止，它还没有显示出任何生命迹象。实际上，卫生部部长在两场会议短暂的间歇期曾接受过问询，他向记者解释说，鉴于目前掌握的信息不足，任何官方结论都必然为时尚早，我们正在收集全国各地送来的讯息，他补充道，确实没有任何死亡报告，但是不难设想，我们与大家一样措手不及，对于这一现象的起因与其当下和长远的影响，我们尚无法做出任何表态。他本可以到此为止的，由于事态艰难，答成这样就该谢天谢地了，但是，众所周知，人有一种冲动，总想让别人事无巨细地对一切感到放心，无论如何都要把他们稳在羊圈里，这种倾向对于政客，尤其是政府官员，即便称不上是自动行为、机械动作，也可以说是第二天性，这让卫生部部长以最糟糕的方式结束了对话：作为医疗卫生部门的负责人，我可以向每一位听众保证，绝无任何理由值得恐慌；如果我对刚才的话没有理解错，一位记者尽量不让语气显得过于讽刺，在部长先生您看来，没有人死去并不值得恐慌；正是，尽管不是原话，我说的是这个意思；部长先生，容我提醒您，昨天还有人死去，没有任何人认为这是值得恐慌的；当然，死亡是常规，仅当死亡翻倍增加时才令人警觉，比如一场战争、一次瘟疫；就是说，超出常规的时候；可以这么说；但是，现在没有人会死，这时候您却呼吁大家不要恐慌，您不觉得这至少有点自相矛盾吗；都是习惯的力量，我承认，恐慌一词不太适用于目前的状况；部长先生，那您认为该换个什么词呢，我这么问是因为，我希望自己能做个有良知的记者，所以用词总是力求准确。面对记者的不依不饶，部长略微有些恼火，冷冷地回答说，不是一个词，而是四个；哪四个，部长先生；不要妄生虚假的希望。毫无疑问，这可以给第二天的报纸头条提供一个很好又忠实的标题，不过，编辑与总编商量后认为不妥，从商业角度而言，也不该给民众的热情泼这桶冷水。就用以往的标题，"新年新生命"，他说。

　　夜里晚些时候，官方公报终于发布了，首相证实，自新年开始，全国无一死亡记录，希望大家在对这一奇特状况进行评价、解读时，能够做到适度、负责，他提醒民众，不应排除纯属巧合的可能性，这也许只是一次偶然的宇宙突变，不会持续，或是阴错阳差，一系列巧合共同作用，打破了时空平衡，但是，无论如何，政府已开始同相关国际组织进行探索性讨论，以使政府能够采取最为有效、合宜的措施。这些含糊的伪科学言辞，正因为令人费解，说出来才能镇住笼罩全国上下的骚动，首相最后保证道，政府已就人类所能设想的一切后果做好准备，如果这些可以预见的情形终将坐实的话，对于死亡彻底消失所必然带来的社会、经济、政治、伦理问题，在全国民众必不可少的支持下，政府都决心勇敢面对。我们将接受肉体不死的挑战，他语气激动地高呼，如果上帝的旨意如此，是我们在祷告中永远要感谢的恩主，选择了这个国家良善的人民来做他的工具。这就是说，首相念完公报后想道，我们惹上了麻烦，绳索已经套上脖子了。他无法想象，脖套最终会卡得多紧。不到半个小时，首相就在送他回家的官方用车上接到了红衣主教的电话：打电话来是想告诉您，我深感震惊；我也是，主教大人，形势相当严重，我国历史上最严重的一次；我说的不是这个；那您说的是什么，主教大人；非常遗憾，在我刚才听到的公报里，首相先生您竟然遗忘了我们神圣信仰的根基、主梁、房角石和楔石；抱歉，主教大人，我恐怕不能理解您在说什么；首相先生，请您听好，没有死亡也就没有复活，没有复活也就没有教会；见鬼；我没听清您说什么，能重复一下吗；我没说话，主教大人，可能是大气电荷或者静电的干扰，也有可能是接收的问题，卫星信号有时会中断，主教大人您刚才说到哪儿了；我是说，每一个天主教徒，包括你在内，都必须清楚，没有复活就没有教会，而且，你脑子里怎么会有上帝自我终结的想法，这绝对是一种渎神言论，最恶劣的那种；主教大人，我没有说上帝要终结自己；这的确不是您的原话，但是您承认说，肉体不死可能是上帝的意愿，一个人不需要在逻辑神学上拿到博士，也能从您的话推导出这个意思；主教大人，请相信我，这句话不过是为了打动听众，让演讲有个漂亮的结尾，仅此而已，您很清楚，政治有时需要这样；教会也有这个需要，首相先生，不过开口之前，我们总要斟酌字句，不能为了说话而说话，我们要计算长远的后果，说得形象点，我们的专业是弹道学；我现在非常歉疚，主教大人；换作是我，也会有同感。红衣主教停顿了一会儿，仿佛在估算炮弹落地的时间，然后换了种更加轻柔、诚恳的语气，继续说下去，我想知道，首相先生您向媒体宣读公报之前，是否知会过国王陛下；自然是要的，主教大人，此事极需小心；国王陛下说了什么，如果不是国家机密的话；他觉得不错；读完后，陛下有什么评价吗；好极了；什么好极了；陛下就是这么说的，好极了；也就是说，陛下也渎神了；这事我无法做任何推断，主教大人，管好我自己的错误已经够难了；我会和陛下谈谈的，提醒他在如此迷惑复杂的境况中，唯有忠诚不渝地谨遵我慈母圣教会[1]所验证的诸项教义，才能解救我国于即将降临的混乱；主教大人英明决断，这是您的职责所在；是的，我还要问问国王陛下，他倾向哪种情况，是眼睁睁地看着太后痛苦地躺卧在病榻上，永远也起不来，污秽的肉体可耻地牵绊住灵魂，还是愿意看到她死去，但是在天国那永恒、光辉的荣耀里战胜死亡；任何人都会毫不犹豫地给出答案；是的，可与你所想的不同，首相先生，比起答案，我更在乎问题，注意到没有，我们问的问题，往往既有一个表面的目的，又有一个隐藏的意图，我们问这些问题，不仅是要让对方当下给出答案，一个我们想让对方听到自己亲口说出的答案，也是在为以后所要的答案铺路；政治也差不多，主教大人；是的，不过教会的优势在于，我们控制了高处的，也就掌管了低处的，尽管有时候看起来并非这样。又是片刻的停顿，然后被首相打破，我快到家了，主教大人，但是，如果可以，请允许我问您一个简短的问题；请说；如果永远不再有人死，教会将怎么办；即便对于死亡来说，永远也是个太长的时间，首相先生；我觉得您没有回答我的问题，主教大人；我把问题还给你，如果永远不再有人死，国家会怎么办；国家会尽力生存下来，虽然我怀疑能否成功，

1　慈母圣教会，罗马天主教常如此指称教会，因为教会的职责在于养育信徒、保护信徒。

不过教会；首相先生，教会太习惯于永恒的答案了，我都无法设想教会给出别的答案；即便与现实相抵触；从古至今，我们所做的唯一一件事就是抵触现实，这不，我们仍在这里；教皇会怎么说；愿上帝原谅我愚蠢的妄想，如果我是教皇，我会立即发布一个新的理论，死亡延迟理论；没有更多的解释吗；从来没有人要求教会解释过什么，除了弹道计算，我们还有一个专长，就是通过信仰抚平好奇的精神；晚安，主教大人，明天见；上帝保佑，首相先生，上帝保佑的话；以眼下的情况，上帝也没什么选择可阻止我们明天见；别忘了，首相先生，这个国家的边境之外，人们仍然照常死去，这是个很好的信号；角度的问题，主教大人，也许外面的人现在把我们这里看作一片绿洲，一座花园，一处新的天堂；或是新的地狱，如果他们足够明智的话；晚安了，主教大人，祝您睡得安稳，补足精神；晚安，首相先生，如果死亡决定今晚回来，我希望它不会想起去拜访您；如果正义在世上不只是一个空泛的词语，太后陛下应该走在我前面；我承诺，明天不会向国王陛下告发您；多谢了，主教大人；晚安；晚安。

凌晨三点，红衣主教急性阑尾炎发作，需要立即手术，被匆匆送往医院。注射下那管麻醉剂之前，在即将完全失去意识的短短一瞬，像其他许多人一样，主教想到自己可能在手术中死去，但随后又记起，现在死是不可能的了，末了，在清醒时刻的最后一闪念，主教脑海中闪过一个想法，不管现实种种，如果他真的死了，就非常矛盾地意味着，自己战胜了死亡。一股强烈的牺牲欲涌上心头，主教正要祈求上帝杀死自己，可时间已不容他遣词造句。麻药让他免于一次严重的渎神，因为他想把死亡的权柄转移到一个以给予生命而著称的神明身上。

2

之前提到的标题"新年新生命"，当即遭到了诸多同行的冷嘲热讽，他们从自己的主撰稿人那里获得灵感，拟出各式各样蛮有看点的标题来，有的夸张，有的抒情，有的充满哲思或暗藏玄秘，还有的天真得令人感动，比如某份相当流行的报纸，对自己提出的问题沾沾自喜，"如今我们将成为什么"，句子末尾加了个浮夸的巨大问号，"新年新生命"虽然俗不可耐，但还是引起了一部分人的强烈反响，或是出于天性或是因为教育，这些人最喜欢一种近乎实用的乐观主义所带来的踏实感，即便他们有理由怀疑，这不过是纯粹而短暂的表象。直到这些困惑的日子，人们始终生活在所能想象的最好的世界里，他们欣喜地发现，真正最为美好的事情正在发生，它已经来到了千家万户的门口，这是多么独特而美妙的生命，再也不用每天对命运女神嘎吱作响的剪刀心怀恐惧，在这生养了我们的祖国，我们得以长生不死，没有任何形而上学的困扰，人人都可白白得到，不用在死亡的一刻才打开密封的信，你上天堂，你进炼狱，你下地狱，曾几何时，多少人在那叫作尘世的泪谷中是至亲同伴，在这死亡的岔路口却要分道扬镳，宿命各异。正因如此，那些小心谨慎、犹疑不定的刊物，以及类似的电视、广播，全都别无选择，群体狂欢的浪潮席卷了东西南北，他们只得加入其中，怯懦的心灵焕然一新，塔纳托斯[1]长长的阴影被拖出视线之外。时日推移，悲观论者或怀疑论者看到的确没有人死去，于是也加入到民众的大潮中来，开始只有零星几个，后来成群结队，他们抓住一切机会走上街头，高声欢呼，大喊道，现在，没错，人生是美丽的。

某天，一位守寡不久的女士，想到自己永远不会死，因而再也不会遇见哀悼的亡夫，虽略感悲痛，但新鲜的喜悦仍然充溢了她的生命，她不知如何表达，却想到在自家餐厅种满鲜花的阳台上挂起一面国旗。我们通常管这叫说做就做。不到四十八小时，全国都掀起了悬挂国旗的热潮，国旗的色彩与标志占据了所有的风景，当然，得益于许许多多的阳台和窗户，城里的视觉效果比乡村更加明显。这股爱国狂热简直无法抗拒，特别是某些不知从何而来的言论开始夹杂其中的时候，这些宣言即便说不上略带威胁，也可以说是令人担忧，例如，

---

1 塔纳托斯，希腊神话中资格最老的死神，冥王哈迪斯的首席武士，睡神修普诺斯的孪生兄弟。

"谁不将这永生的旗帜挂在窗外，他就不配活着""不把国旗摆在显眼处的人，定是将自己出卖给了死亡""加入我们，热爱祖国，买面国旗""再买一面""再多买一面""打倒一切生命的仇敌，他们该庆幸，如今不再有死亡"。大街小巷真的变成了旗帜飞舞的集会，旌旗迎风招展，没有风时，一个巧妙放置的电扇也可以吹动旗面，如果电扇功率不够，不足以让国旗雄风尽展，让噼啪作响的旗声鼓舞起我们的尚武精神，至少它也让祖国的色彩光荣地飘扬起来。有一小撮人私下里嘀嘀咕咕，说这太过夸张，不合时宜，那么多旗帜迟早都得撤下，我们要撤得越早越好，因为这就好比布丁里放了太多糖会破坏味觉、影响消化，同样，我们对国家象征本该持有正常、恰当的尊重，如果任由它演变得恬不知耻，就像那些叫人见了恶心一辈子的风衣暴露狂，我们的爱国最终会沦为笑柄。除此之外，他们还说，如果这些国旗挂出来真是为了庆祝死亡不再杀人，那么大家应该在两件事里选做其一，要么在对国旗生厌之前就撤下它们，要么用尽余生，也就是永恒，没错，永恒，只要每逢雨淋、风吹、日晒，我们就洗换国旗。有勇气公开针砭时弊的人毕竟极少极少，一个可怜人为自己不爱国的痛快陈词付出了代价，挨了一顿痛揍，他没有当场悲惨送命，仅仅是因为死亡从年初开始就在这个国家收工停业了。

不过，并非事事都值得欢庆，几家欢喜几家愁，向来如此，这次也不例外。一些重要的行业对现状甚是担忧，并且已经向政府表达了自己的不满。可以想见，最先正式提出抗议的是殡葬公司。这些商人被残忍剥夺了原材料，于是一上来便做出以手抱头、齐声哭丧的经典动作，"如今我们将成为什么"，但是，面对整个丧葬业都无法逃避破产的灾难前景，他们召开了一次行业大会，结果一切讨论都毫无成果，因为在死亡顽固的不合作面前，所有人都必然碰壁而回，无计可施，他们曾经对死亡习以为常，世代以此为业，仿佛死亡是他们天经地义的收成，经过讨论，他们最终将一份文件呈交政府，文中提出唯一一条建设性意见，是的，有建设性，但也令人捧腹，在之前的会议中，该建议就被提出讨论，我们会被人笑话，会议主席告诫大家，但是别无选择，若非如此，殡葬业只能坐以待毙。该文件声称，由于全国上下无人去世，为商讨应对当下极其严重的危机，故召开本行业特别大会，各丧葬单位代表秉持国家利益至上的原则，经热烈研讨，达成共识，当下时局造成的严重后果必将作为建国以来本行业所受到的最重大的打击而见诸史册，目前补救尚不为晚，鉴于本行业世世代代所做的切实、优秀的公众服务，特此建议政府强制规定，所有自然死亡或卒于意外的宠物，必须举办土葬或火化，土葬、火化必须一律符合章程、获得批准，并由丧葬行业承办。文中继续写道，特请求政府考虑，本行业此次重大转型，非有大量投资无以实施，因埋葬人类与送死猫、死金丝雀入土殊异，马戏团大象、浴缸小鳄鱼则更为不同，因此需对传统专业技术进行彻底重塑，虽不可否认，动物丧葬利润可观，但历来不过为本行业的边缘业务，该业务开创以来已累积的经验，必可为此次改革提供宝贵帮助，行业工人无私无畏，每日勇敢直面死亡的可怖形象，而今死亡有失公允，竟背身离弃，今后，动物丧葬将成为本行业唯一业务，若能实现，成千上万的行业工人则无须失业流离。首相先生，本行业千百年来为公共重器，特此请您对本行业采取应有的保护，不仅需迫切做出有利决策，并同时考虑发放贴息贷款，此举措可谓锦上添花，或以本行业色彩言之，黑上添金，为彰显基本的公允，至少应发放无息贷款，以助本行业迅速复兴，虽大地慷慨，敞开怀抱接纳逝者，死尸从来都需他人收殓入土，一迟一早必然之事，古往今来莫不如此，自史前至今历朝历代，本行业生存首次遭遇此等威胁。顿首恳求。

不消多久，国营医院、私立医院的院长和管理者也争相去敲卫生部和相关机构的门，他们和其他一些公共服务部门表达了各种不安与担忧，说来也奇怪，这些担忧更多是关于后勤而非卫生问题。他们报告说，病人入院要么好转要么死亡，但是现在这一常规流程，可以说正在经历一种短路，或者，说得不那么技术性，一种类似堵车的现象，这是因为，一些患者病入膏肓或在事故中伤亡太重，通常情况下早已离世升天，但越来越多这样的病人如今要在医院无限期滞留。形势很艰难，他们声称，我们现在已经将病人安置在过道里了，而且比往常要多得多，一切表明，用不了一周，我们不仅会缺少病床，而且由于病房、走廊都已占满，空间有限，操作困难，即便有床可用，我们也不知该放哪里了；有一个办法可以解决问题，领导一锤定音，不过，这略微有违希波克拉底誓言[1]，而且如能实施，这一决策无关医学也不关行政，而是政治。聪明人一点就通，卫生部部长与首相商议后，做出批示：目前各医院不可避免人满为患，并已对我医疗系统一向优秀的服务造成影响，其直接原因在于，越来越多的患者生命状态停滞，并将如此无限期拖延，至少在医学研究实现预期进展之前，此类患者不可能好转乃至康复，有鉴于此，政府奉劝各医院管理部门对此类病人逐个进行严格分析，如果确定该患者已不可逆转处于上述病态进程，建议将其转交家属照顾，使各医疗单位得以尽其职责，对经全科医生诊断尚有必要或建议救治的病人，竭尽所能保障其接受检查与治疗。政府的决策基于一种人人可以理解的假设，就是说，每一个长处死亡边缘却一直被死亡拒绝的病人，即便有片刻的清醒，对其所处的环境应该是麻木无知的，不管周围是亲切有爱的家人还是拥挤的医院病房，因为无论在这儿还是在那儿，他们都死不了，无论在这儿还是在那儿，他们都无法康复。政府想借此机会晓谕全民，调查工作正在全速展开，我们希望并且相信，死亡突然消失的原因虽至今仍然扑

1　俗称医师誓言，西医传统中行医前须要宣读的誓词，其中列举了医生的职业伦理规范。

朔迷离，但最终会有满意的答案。我们还想告诉大家，一个庞大的跨学科委员会已经成立，其中包括各主流宗教代表与各学派哲学家，对于此类事件，他们向来不乏意见、观点，该委员会负责仔细思考，没有死亡的未来会是怎样的，同时需对社会将要面对的新难题做出合理预测，最主要的麻烦可以归结为一个残忍的问题，如果不再有死亡斩断人类没完没了的长生不老梦，我们拿老年人怎么办。

第三、第四年龄[1]的养老院，设立以来就是为了让某些家庭图个安省，这些家属既没时间也没耐心为老人揩鼻涕、处理小便失禁、半夜起床倒便盆，与医院和殡葬公司一样，这些养老院也很快头撞哭墙。平心而论，我们必须承认，是否接收新住客这种两难选择，是最令人苦恼的问题之一，对于任何人力资源管理者来说，都是对其平衡手段和规划能力的一大挑战。最主要的原因在于，不管怎么做结果都一样，真正的难题莫不如此。与那些抱怨连天的静脉注射师和制作花圈挽联的合作单位一样，这些第三、第四年龄养老院已经习惯于生死轮替不休所带来的安全感，一些人来了，一些人走了，他们不愿想象在未来的工作中，服务对象从面孔到身体都丝毫不变，除了随着时间推移，老人们会显得一天比一天可怜，一天比一天衰颓，一天比一天装容不整、令人难过，脸上的皱纹一道道增加，就

1　葡萄牙语中，一般将老年称为第三年龄（terceira idade）。第四年龄为小说虚构。

像葡萄烂掉，四肢愈发颤抖、迟钝，犹如一条航船陡然寻找半途掉落的罗盘。一位新的住客总能给这些老年之家一个欢庆的理由，有一个新的名字需要记住，他会从外面的世界带来自己的习惯，以及种种独有的怪癖，比如某位退休的公务员，每天都要来回冲洗自己的牙刷，因为他无法容忍在刷毛上看到一点点牙膏，又比如有位老太太，画制家谱的时候从来没有弄对过枝杈上的名字。头几周里，新住客都将是团体中的新人、小弟，直到日常生活重新拉平每个住客应得的关注，这也是人生中最后一次当新人了，虽然余生长如永恒，正如大家习惯的说法，永恒像太阳一样照耀着这片幸运国土上的人们，我们会看到太阳消亡的那一天，却仍然活下去，尽管不知如何活也不知为何活。可是如今，新的住客除了为养老院填补空缺或增加收入外，不过是一个命运可以提前道尽的人，我们不会像在美好的老时光里那样，看到他离开这里，死在医院或是家中，同时，别的住客会迅速锁上房门，不让死亡进来或是带走自己，我们清楚，这一切都是一去不复返的往事了，但政府里总该有人要考虑我们的命运，我们，养老院的所有者、经理人和员工，等待我们的命运是，等到干不动的那天，没有人会收养我们，要知道，某种程度上，养老院是我们的，毕竟在这里工作了那么多年，可我们却不是它的主人，请注意，此处讲话的是养老院员工，我们想说的是，养老院没有位置留给我们这样的人，除非我们赶走一些住客，在关于医院超员的讨论中，政府已经出过这种主意，他们说家庭应该重新担起自己的责任，但是，若要如此，每个家里必须有人具备足够的理智和充分的体能，然而无论从自身经验还是普世情景我们都能明白，这些天赋也是有保质期的，与刚刚开始的永生相比，它的期限不过转眼一瞬，如果没有更妙的主意，唯一的办法只有增开老人院，并非只像目前这样，使用遭人遗弃的房屋、庄园，而是需要从头建造五角大楼、巴别塔、克诺索斯迷宫那样的恢宏建筑，先是连成街区，然后组成城市，再后汇聚为大都会，或者说得更残忍些，那是一座座活人的墓地，致命又无奈的衰老在其中按照上帝的意愿得到照料，不知要熬到几时为止，因为人们的寿数无穷无尽，我们自认为有责任呼吁政府相关部门注意，问题的关键在于，随着时间流逝，不仅会有越来越多的老人住进养老院，更需要有越来越多的人在养老院照顾老人，结果就是，人口年龄的菱形结构对折，上端是数量巨大、持续增长的老年人群体，它像一条巨蟒吞噬着下一代，而下一代则大多在养老院从事协助和管理工作，将人生中最精华的岁月用来照顾各个年龄的老家伙，无论是正常的老年人还是玛土撒拉[1]式的，这包括为数众多的父亲、祖父、曾祖父、高祖父、天祖父、烈祖父、太祖父等，直至无穷，然后年轻人便像叶子飘落覆盖在往

---

1 玛土撒拉，据《圣经·创世记》中记载，为亚当第七代子孙，享年九百六十九岁，是世上最长寿的老人。

年秋天的落叶上一样，去年白雪，如今安在[1]，一代又一代加入逐渐齿豁头童的茫茫人海，耳目昏沉的浩浩大军，他们患有疝气、风寒、髋骨折、截瘫，还有些如今看来没有尽头的衰老病变，老人甚至无力控制口水不要流到下巴，尊敬的各位政府官员，也许您不愿相信，但这即将降临在我们身上的，是人类从古至今最可怕的噩梦，即便身处黑暗的洞穴，惊慌战栗，也不会见到这等可怕的景象，自第一家养老院创立，就有了我们这群人，当然，那时候什么都规模不大，但想象力总该有用武之地，我们手放心口，特此精诚谏言，首相先生，宁愿死，宁愿死我们也不要这样的命运。

我们行业正面临一场可怕的威胁，生存岌岌可危，保险公司联合会会长如此告知社会媒体，他说，各保险公司收到成千上万的来信，言辞如出一辙，仿佛都是照着同一个底本抄的，要求立刻取消人寿保险的保单。保险客户纷纷表示，众所周知，死亡已经自我了断，所以如果继续支付极其高昂的保险费，不会收到任何回报，只会让保险公司越来越富有，且不说很愚蠢吧，至少很荒谬。我不会把松糕拿去喂驴的，一位特别恼火的客户在信末附言中如此发泄道。有的人更加过分，他们要求退还已经支付的保费，不过这些人明显是不讲良心，瞎碰运气。记者问了一个绕不开的问题，保险公司准备如何应对这

1　原文为法语（Mais où sont les neiges d'antan），是法国中世纪诗人弗朗索瓦·维庸（François Villon）的名句，多为后世引用感叹韶华易老，世事沧桑。

突如其来的沉重打击，会长回答说，此时此刻，很多公司的法律顾问都在仔细研究保险条款的细则，希望能找到可供发挥的漏洞，当然是在法律允许范围内，迫使这些闹事的投保人虽不心甘情愿，但只要活着就必须交保，也就是说，直到永远，尽管如此，更可行的方案是双方能达成共识，拟定君子协定，在现有条款上补充一份附录，既照顾当下，也着眼未来，将八十岁定为强制死亡年龄，显然，这里是比喻义，会长急忙补充道，并露出一个友善的微笑。这样一来，保险公司完全可以照常收取保费，直到我们幸福的投保人活到八十岁生日那天，届时，投保人成了一个虚拟意义上的死人，可要求保险公司全数支付投保金额。还需补充一点，这一点同样很重要，如果投保人愿意，可以续签下一个八十年的合同，合同期满后，投保人为获取相关收益可以登记第二次死亡，如此重复先前的程序，周而复始。一些长于精算的记者窃窃私语、暗暗称赞，甚至有短暂的掌声，会长微微点头，一并笑纳。就战术战略而言，这一招堪称完美，以至第二天开始又有海量信件涌入保险公司，宣称之前来信无效。所有保险客户都准备采纳这一君子协定，因为可以毫不夸张地说，这种全体皆赢、无人会输的局面实属罕见至极。尤其对于保险公司来说，他们以毫厘之差躲过了一场浩劫。联合会会长如此出色地履行了职务，在下届选举中连任已是众望所归。

3

　　跨学科委员会的第一次会议怎么说都称不上成功。如果此处没有用词过当，罪过应该算在养老院呈给政府的夸张陈词上，尤其是结尾的恫吓之辞：首相先生，宁愿死，宁愿死我们也不要这样的命运。哲学家们一如既往地分为悲观主义者与乐观主义者，一些人愁眉苦脸，另一些人笑容可掬，他们准备好第一千次就水杯是半满还是半空的古老问题重开辩论，具体到他们被叫来讨论的议题上，这完全可以简化为，给死去与永生的利弊列个清单，各大宗教的代表们公开结为统一战线，誓要把讨论建立在他们唯一在乎的逻辑基础上，也就是要大家明确承认，死亡绝对是实现上帝天国的根本所在，因此，对于没有死亡的未来，任何讨论不但亵渎神明，而且荒谬至极，因为，如果不能直说上帝失踪的话，它必然预设了上帝的缺席。这并不是什么新颖的观点，红衣主教早已一针见血地指出这个神学版本的化圆为方意味何在，与首相通电话时，他虽语焉不详，言辞闪烁，但却承认，死亡如果消失那就没有复活，如若没有复活，教会也就丧失了存在的意义。那好，既然众所周知，教会是上帝唯一拥有的农具，在地上翻耕出条条引向天国的道路，那么整部教会史不可避免地钻进死胡同而告终也就成了显而易见、无可辩驳的结论。这一尖酸论断出自悲观哲人中最年长者之口，他没有到此为止，而是继续追击：无论我们兜多少圈子，宗教，所有的宗教，离了死亡就都没了存在的理由，宗教需要死亡就像口腹需要面包一样。宗教代表们都懒得抗议。相反，天主教方阵中一位德高望重的成员说道，没错，尊敬的哲学家，我们就是为此存在的，为了让恐惧终日套在人们的脖颈上，如此一生，到了日子，他们会如释重负地欢迎死亡；您是说天堂吗；天堂或地狱，或什么也不是，死后如何其实远没有人们一般认为的那样重要，尊敬的哲学家，宗教是地上的事，与天上无关；这可不是我们通常听到的；那不过是我们为了招揽生意的说辞；这就是说，事实上，你们也并不相信什么永生；我们假装相信。

有一分钟，谁也没说话。最年长的悲观主义者脸上绽开一个暧昧而轻微的笑容，那神情就像见证了一项艰难的实验终于大获成功。既然这样，乐观主义一翼中有位哲学家插话道，你们为什么对死亡的结束如此惊诧；我们不知道死亡有没有结束，我们只知道暂时没人死了，两者不一样；我同意，但只要这种疑惑还存在，我就会追问你同样的问题；因为如果死不了，人做什么都百无禁忌了；这有什么不好吗，老哲人问道；百无禁忌跟事事禁忌一样不好。又一阵沉默。围坐圆桌的八个人被叫来是要思考，没有死亡的未来会有什么后果，并根据现有的事实做出合理预判，已有的老问题必然会加剧，这毋庸多说，除此之外，还要预测社会将面临什么新的挑战。那我们最好什么也别做，一位乐观主义哲学家说道，未来的问题让未来去解决；糟糕的是，未来就是今天，一位悲观主义者说，未来已经来到我们当中了，看看养老院、医院、殡仪馆、保险公司呈写的报告，只有末者算是特例，保险公司在任何情况下都能想到办法谋利，我们必须承认，前景不只是昏暗的，简直是灾难性的、恐怖的，再大胆的想象也无法尽知未来的凶险；我不是要挖苦谁，当前形势下，冷嘲热讽是最没劲的，新教阵营中一位同样德高望重的成员说道，但是在我看来，这届委员会已经胎死腹中了；养老院说得对，宁死也不要这样的命运，天主教发言人说；那你们准备怎么办，最年长的悲观主义者问道，看来你们很想让本届委员会立即解散，除了这个还有别的吗；我们罗马天主教会将组织一场全国祷告会，请求上帝恩准，立刻让死亡回归，豁免可怜的人类于不幸的劫难；上帝的主权在死亡之上吗，一位乐观主义者问道；他们是一枚硬币的两面，一面国王，一面王冠；既然如此，死亡撤离或许是出于上帝的旨意咯；有一天，我们终会明白这场试炼的用意，而在此之前，我们只能让念珠来做工；我们也一样，我说的是祷告，不是念珠，新教代表微笑着说；我们还要在全国各地、大街小巷举办宗教游行，祈求死亡，就像我们过去ad petendam pluviam[1]，也就是求雨一样，天主教代表自己翻译道；我们不会那么做，这种疯魔的游行从来就不是我们的传统，新教代表再次微笑道。那我们呢，一位乐观派哲人问道，那语调仿佛迫不及待地要将自己加入反对者之列，我们现在该怎么办，看起来，所有的门全都关上了；首先，我们休会吧，最年长者答道；然后呢；接着探讨哲学，我们生来就是做这个的，即使所言之物虚无缥缈；为了什么呢；为了什么我也不知道；那又为什么；因为哲学与宗教一样需要死亡，正因为知道人终有一死，我们才会讨论哲学，蒙田先生说过，探讨哲学就是学习如何去死。

即便那些普通意义上不能算哲学家的人，有些已经深谙此道。矛盾之处在于，他们学会的不是自己如何去死，因为自己的死期还没到，而是通过帮助死亡来减轻他人死亡的痛苦。我们即将看到，其使用的方法全新展示了人类取之不尽，用之不竭的创造力。一座距邻国边境几公里的小村庄，有一户贫穷的农民，由于罪孽深重，有两位，而不是一位亲人处于生命中止，或是按人们喜欢的说法，死亡暂停的状态。一位是个旧式的祖父，疾病把这个健硕的一家之长折磨得无精打采、面目全

1　拉丁文。

非，只是还没完全夺去他说话的能力。另一个则是仅仅数月的婴孩，还没来得及教会他怎么说生命或是死亡这个词语，真实的死亡已经拒绝跟他认识了。这两人不死也不活，乡村医生每周来看他们一次，坦言无法做任何事情帮到或害到他们，甚至不能给他俩注射一针仁慈的致命毒药，不久前，这尚可作为一种极端办法解决任何问题。致死药顶多是把他们朝死亡理应所处的位置推进一步，但终究是徒劳，因为死亡会与此同时后退一步，保持距离，与先前一样触不可及。这户人家求助神父，神父听后举目望天，无言以对，只会说，我们所有人都掌控在上帝手中，上帝的慈悲是无穷无尽的。是的，也许无穷无尽，但不足以让我们的父亲、祖父安息，也不够救救这个可怜的孩子，他还没有对这个世界犯下任何过错。事情就是这样，既不前进也不退后，没有办法也没有找到办法的希望，这时，老人家开口了，来人，他说；是要水吗，一个女儿问道；不要水，我要死；您很清楚，医生说了，这不可能，父亲，您记着，死亡结束了；医生什么也不懂，自打有这个世界，每人都有一个死的时候和地方；现在没有了；现在也有；别激动，父亲，您会烧得更厉害的；我没发烧，就是烧了也没什么两样，仔细听我说；我听着呢；再靠近点，免得我说破喉咙；您说。老人在女儿耳边低语几个字。她一再摇头，他一再坚持。这解决不了任何问题，父亲，她吓得脸色煞白，口齿含糊地说道；能行的；万一不行呢；我们试试也没什么损失；如果不行呢；很简单，重新把我带回家；那孩子呢；孩子也去，如果我留在那儿了，他就跟我在一起。女儿一脸疑惑，努力思考着，最终问道，为什么我们不能把你们带回来埋葬在这儿呢；你想象一下后果，一片土地上的人们无论做什么都求死不得，两个死人停在家里，你要怎么解释，还有，按现在的情况，我很怀疑，死亡让不让我们回到这里；这太疯狂了，父亲；也许吧，但我看也没有别的办法了；我们想让您活着，不想您死；但不是以你现在看到的这副样子活着，一个已经死了的活人，一个像是活着的死人；如果这是您的意思，我们就照办吧；吻我一下。女儿亲吻了父亲的额头就哭着出去了。在外面，她泪流满面地向全家宣布，父亲决定，当晚将他抬过边境，在他看来，那是个死亡依然有效的国家，除了接纳他，死亡别无他法。家人半是自豪半是无奈，心情复杂地听完了这个消息，自豪是因为，一位老人自告奋勇，以身试死，实属非比寻常，无奈是因为，无论长痛短痛，横竖都得去做，何必反抗命运。正如先前所言，人生不能占尽一切，这位勇敢的老人将在身后留下一个贫穷却诚实的家庭，整个家族必会在回忆中纪念他。除了哭着跑出去的女儿和那个对世界毫无过错的孩子，这家还有一个女儿，很幸运，她和丈夫是三个健康孩子的父母，此外还有一个早已过了婚嫁年龄的单身姑妈。另一个女婿，也就是哭着出去那位的丈夫，生活在一个遥远的国家，为了讨生活背井离乡，而明天他将得知，自己失去了唯一的儿子和尊敬的岳父。生活就是如此，一只手给你点什么，转天另一只手又夺去。我们完全清楚，这些乡下人可能不会在之后的故事里出现了，他们的亲属关系也无足轻重，但即便从叙事技巧这个局限的角度而言，似乎也不应该用两行笔墨匆匆打发了这些人，在这个确切又非真实、关于死亡间歇的故事里，这些人将在最富戏剧性的一幕中作为主角出场。所以，他们留下。只有单身的姑妈提出了一点疑虑，邻居们会怎么说，她问道，他们会发现那两个待在死亡门口却没死的人不在了。单身姑妈通常说话没有这般迂回、矫饰，此刻这么说只是怕自己止不住泪水，如果她提到那个没有对世界犯下任何过错的孩子的名字，如果说出"我兄弟"这几个字，她一定会号啕痛哭。三个孩子的父亲回答说，我们就原原本本告诉他们发生了什么，然后等待结果，我们肯定会被起诉，因为我们在墓园之外私自安葬，没有通知政府，而且葬在他国罪加一等；但愿不会惹来一场战争，姑妈说。

临近半夜，他们向边境出发了。仿佛怀疑有什么诡异的事情即将发生，整个村庄都比往常要晚些入睡。最终，寂静接管了路面，家家户户的灯火一盏盏熄灭。先把骡子套上马车，接着一个女婿和两个女儿很费劲地把祖父抬下楼来，尽管人很轻，他仍用微弱的嗓音询问，有没有带上铲子和锄头，大家安抚他，是的，带上了，您放心吧，然后母亲上楼去，将孩子抱入怀中说，永别了我的孩子，再也见不到你了，事实并非如此，因为她也要随姐姐、姐夫坐马车同去，毕竟这项任务三个人来完成并不算多。单身姑妈不愿与一去不复返的旅人道别，干脆将自己和侄孙们一起关在屋里。马车轮的金属边缘在崎岖不平的石板路上会发出轰隆响声，如果惊醒了好奇的乡亲们，纷纷凑到窗前看这家人大半夜到底去哪儿，那可就麻烦大了，因此，他们在泥土路上绕行了一段，出了村庄才上大路。他们离边境并不远，但糟糕的是，大路并不通往那里，所以他们不得不在某处离开大道，去走马车举步维艰的小径，最后一段甚至不得不披荆斩棘，弃车步行，天知道他们是怎么扛着祖父过去的。所幸女婿对那一带颇为熟悉，以前不仅在这儿徒步打过猎，还时不时当一把业余走私犯。磨蹭了将近两个小时，他们终于来到了弃车步行的地点，女婿当即有了个主意，想把祖父放在骡子背上，他相信这畜生的四蹄是稳健的。他们将骡子从马车上解下，拿去多余的套具，然后吃力地将老人扶上骡背。两个女人家哭了，唉我亲爱的父亲，唉我亲爱的父亲，眼泪挥洒，仅剩的一点微薄气力也随之消逝了。可怜的老人意识恍惚，仿佛已经跨过了死亡的第一道门槛。扶不上去，女婿绝望地喊道，但他突然想到一个方法，就是自己先骑上去，然后将老人拉上骡背，坐在前面；我从后面抱着他走，没别的办法了，你俩在下面帮忙。孩子的母亲跑到马车边上，拉了拉儿子身上的毛毯，不想让可怜的小家伙着凉，然后才回去帮姐姐的忙。一，二，三，她们齐声喊，但毫无作用，现在老人的身体沉得像铅一样，只能勉强从地上抬离寸分。这时，发生了罕见的一幕，一桩奇事、奇迹、奇观。刹那间，重力定律仿佛中止了，或是反转了，从下往上，祖父轻轻地脱离了女儿们的手，自己浮起来，升高到女婿张开的双臂中。天空从傍晚时起便阴云密布，风雨欲来，此刻却天开云散，明月高照。我们可以继续上路了，女婿说道，他告诉妻子，你去牵骡子。男婴的母亲轻轻撩起毯子，想看看孩子怎么样了。他眼睑双闭，像两块苍白的斑点，整个脸庞像幅模糊的图画。母亲突然放声大叫，喊声扫荡四周，吓得林间的小动物都躲在洞穴里瑟瑟发抖，不，我不会把孩子带到那边去的，我生他不是为了亲手把他交给死亡，你们带父亲去，我留在这儿。姐姐走上前来问她，你宁愿看着他年复一年地受苦吗；你有三个孩子，都很健康，你说得倒轻巧；我拿你的孩子当自己的一样；真是这样，你带他去吧，我做不到；不该我来做，那等于杀了他；有什么区别呢；送人去死和杀人不一样，至少在这件事上不一样，你是孩子的妈妈，不是我；你可以送自己的一个孩子或所有孩子去死吗；我想可以，但不敢保证；我说的没错吧；如果你非要这样，就留在这儿等吧，我们带父亲去。姐姐说罢走开，揽过骡子的缰绳问道，走吗，丈夫答道，走吧，但得慢些，我不想他滑下去。一轮满月，当空普照。再往前走些就是边境了，这条线只能在地图上看见。我们怎么知道到了没有，妻子问，父亲会知道的。她懂了，不再多问。他们往前又走了一百米，又走了十步，老人突然说，我们到了；完了？是的。他们身后一个声音重复道，完了。男孩的母亲最后一次将死去的儿子搂抱在左臂，右肩扛着他们忘了的铲子和锄头。我们再往前去些，走到那棵榉树那儿，姐夫说。站在山坡上，他们能远远分辨出某座村落的灯火。从骡子的蹄声他们听出，现在已走到松软的土地上了，挖起来应该比较容易。这地儿看起来不错，男人最终开口道，我们以后来献花的时候，这棵树可以当个标志。男孩的母亲扔下铲子和锄头，接着轻轻地把儿子放在地上。然后，姐妹俩小心翼翼地接过父亲的身体，生怕滑落了，男的已从骡子上下来，没等他帮忙，她们已将老人的尸体摆在孙子的旁边。男孩的母亲啜泣着，单调重复地说，我的孩子，我的父亲，姐姐走过去抱住她，也哭了起来，一面说道，这样最好，这样最好了，这两个可怜人之前的日子不是人过的。她们双双跪在地上，哭悼这两个来此欺骗死亡的人。男人已操起锄头，挖呀挖，再用铲子铲走松动的土，然后继续挖。越往下挖，土地越是紧实坚硬，还布有岩石，持续忙了半个小时，才挖出个足够深的坑来。死尸就直接安放在裸露的泥土上，既没有棺材也没有裹尸布，只有身上穿着的衣服。男人站在坑里，两个女人站在坑外，一边一个，三人协力把老人的尸体缓缓放进坑中，她们俩抓住老人胸前交叉的双臂，男的在下面托住，直到遗体触到坑底。两个女人不住地哭，男人的眼睛是干的，但却浑身颤抖，仿佛犯了热病似的。这还不是最糟的。大人们哭哭啼啼地把孩子降到坑底，安置在祖父身边，但看上去不太对劲，他身躯娇小，微不足道，一条小生命被弃置一旁，好像不属于这个家庭似的。于是男人俯身将孩子从地上抱起，让他趴伏在祖父胸前，然后让祖父双臂交叉，环抱着他短小的身体，这下行了，他们已安放妥当，准备安息，我们开始往上盖土吧，但要小心，一点点来，这样他们还能多看我们一会儿，还能跟我们道个别，我们也听听他们在说什么，永别了我的女儿们，永别了我的女婿，永别了姨妈姨夫，永别了我的妈妈。待坑已填满，男人站上去将土踩平，以免被过路的发现，那里埋着人。他在脑袋的位置放上一块石头，脚的地方搁一块小的，然后将先前用铲子斩断的野草撒在坑洞上方，不消多日，其他鲜活的植被就会取代这些枯萎干瘪的死草，而这些草，将重新融入食物链，归入它们生长的同一片土地。男人跨着大步丈量了从树到坑的距离，有十二步，然后将铲子和锄头扛在肩上，我们走吧，他说。月亮不见了，天空再次阴云密布。他们将骡子套上马车时，雨下了起来。

4

　　刚刚讲述的这个戏剧性的故事，以异常详尽的细节，力图为好奇的读者呈现出事实的全貌，而故事的主角们意外登场时，都被社会化分类为穷苦农民。造成这一错误的原因，是叙事者的一种草率印象，一种流于浮浅的分析，出于对事实的尊重，应当立即予以纠正。一户真正穷苦的农家，永远也买不起一辆马车，也养不起一头骡子这样食量巨大的牲畜。这其实是一户小农，在他们生活的朴素环境中，家境还算小康，每人都上过学，受的教育足以让他们之间的谈话不但语法正确，而且不乏某种东西，也许没有个完美的名词，有人叫作内容，有人叫作实质，有些更接地气的叫作"料"。若非如此，单身姑妈不可能讲出那句我们已经品评过的美词佳句：邻居们会怎么说，他们会发现那两个待在死亡门口却没死的人不在了。错误及时纠正，事实也已澄清，我们现在就来看看邻居们到底是怎么说的吧。尽管行动实施得小心翼翼，还是有人看见了马车，对那三人半夜出门倍感蹊跷。这位警觉的邻居脑中自问的正是那个问题，夜里这个时候，三人到底去哪儿？第二天早晨，他向老农的女婿重复了这个问题，语句略有改变，你们晚上那个钟点是去哪里？女婿回答说他们出去办事了，邻居并不信服，半夜办事吗，驾着马车，还带着你的妻子和小姨子，真是少见，他说；也许少见吧，但就是这样；还有，天蒙蒙亮的时候你们是从哪儿回来的呢；这不关你的事；你说得没错，抱歉，的确不关我的事，不管怎样，我应该可以过问一句，你岳父怎么样啦；还是老样子；那你的小侄儿呢；也一样；噢，祝他俩早日康复；谢谢；再见；再见。邻居走出去几步，站住，又折回来，我好像看到你们把什么东西抬上了马车，还好像看到你小姨子怀里抱着个孩子，如果这样，我隐约看见的那个罩着毯子的人，很有可能就是你岳父，还有；还有什么；还有，马车是空着回来的，你小姨子怀里也没抱着孩子了；看来你昨晚压根儿没睡啊；我睡得浅，容易醒；我们走的时候你醒了，回来的时候你又醒了，这叫巧合咯；没错；你想让我告诉你昨晚发生了什么；如果你愿意；跟我来。两人走进家门，邻居问候了三位女士，我不是故意打扰，他勉强说道，然后等待，观望。你是第一个知道的，女婿说，你无须保守秘密，因为我们不要求你保密；你想说什么，悉听尊便；我的岳父和侄儿昨晚死了，我们把他们带过了边境，那里死亡仍然有效；你们杀了他们，邻居惊呼；一定程度上是的，因为他们没法自己走去，一定程度上又不是的，因为我们这么做是遵照岳父的指令，至于那孩子，小可怜，他无欲求生也无生可求，他们被埋在一棵榉树下，可以说是相拥而眠。邻居双手挠头，那现在呢；现在你可以去告诉全村的人，我们会被逮捕，押送警局，并很有可能因为我们的行为受审、判刑；你们确实那样做了；边境前一米，他们还活着，一米过后，他们就死了，你告诉我，我们是什么时候杀死了他们，怎么杀的；如果你们没有带他们去；是的，他们还会在这里，等死，死却不来。三个女人沉默又震惊，望着邻居。我走了，他说，我确实怀疑发生了点什么，但万万没想到是这样；我有一个请求，女婿说；什么；请你陪我去警局，这样你就不用挨家挨户向人们讲述我们犯下的滔天大罪，比如说，弑父，屠婴，上帝啊，这个家里住着一群野兽；我不会那么说的；我知道，所以请你陪我去；什么时候；就现在，打铁要趁热；那走吧。

他们既没受审也没判刑。这则消息像导火线一般，迅速传遍全国，各路媒体口诛笔伐这几位可耻之徒，杀人行凶的姐妹，充当犯罪工具的女婿，人们为老者和无辜的孩子痛哭流泪，仿佛他们是所有人都渴望拥有的一对爷孙，几家颇有洞见的报纸向来是公众道德的晴雨表，他们第一千次将矛头指向传统家庭价值势不可当的堕落，依其所见，这恰是万恶之源，万恶之由，万恶之根，与此同时，四十八小时过后，所有边境地区发生类似行径的消息纷至沓来。其他的马车驾着其他的骡子运载着其他的无力身躯，假救护车在荒芜的崎岖小路上来来往往，把人运到应该卸下的地方，途中这些人的身体大多用安全带固定，也有个别不体面的，将人用毯子盖上藏在后备箱里，各种牌子、各种型号、各种价格的汽车纷纷驶向这座新的断头台，请原谅这个极其随意的比喻，它的刀锋正是那道纤细至极、肉眼无法看见的边境线，那些被送上断头台的可怜人，先前在边境这头还一直被拘禁在缓刑状态。并不是每一个这么做的家庭，都能像那家为人熟知的痛苦农户一样，为自己提出虽有争议但值得尊敬的辩护之辞，那一家人根本没有多考虑后果，就给这桩非法交易开了个头。将父亲或祖父丢弃在异国土地上，一些家庭仅仅视之为一种干净利落的手段，更准确地说，一种彻底的手段，好让自己摆脱那些垂死的亲眷，他们待在家里，已切切实实成了僵死的重负。各路媒体早先激动地谴责那家的女儿女婿，抨击他们埋葬了祖孙二人，并顺带控诉了单身姑妈的同谋和默许，现在，媒体开始诟病，那些平时看似体面的人，在国家有难的危急关头，虚伪的面具终于落下，残忍、不爱国的真实品性暴露无遗。迫于三家邻国政府与国内反对党的压力，首相公开谴责了这一不人道行为，呼吁民众尊重生命，并宣布军队将立即就位，把守国境沿线，阻止任何生命体征微弱的公民越界，无论这是出于本人自愿，还是亲属的强制决定。当然，首相大人虽不敢明说，但当政者从心底而言，并不真的那么鄙视这种出逃行为，从最新的分析来看，这甚至是为国家利益服务的，因为它有助于缓解过去三个月持续增长的人口压力，虽说事态还远没有发展到值得恐慌的程度。首相也没有交代，他当天还秘密会见了内政部部长，目的是计划建立一个督察（或叫间谍）网络，覆盖全国城镇、乡村，旨在向政府通报濒死者家属的任何可疑行为。是否采取干预措施，需要视具体情况而定，因为政府的本意并不是彻底阻止这波新型的迁徙热潮，只不过是部分缓解邻国担忧，暂时安抚各路抱怨罢了。我们并不是要任人调遣，首相语气威严地说；一些小村庄、大庄园、偏僻的居所，可能会成为漏网之鱼，内政部部长提醒道；那些就由他们去吧，凭经验你也该清楚，亲爱的部长，我们不可能给每人配一名警察。

头两周里，该计划基本上推行得顺风顺水，但之后，一些督察员开始报告，他们受到一些电话威胁，恐吓他们说，如果还想安生过活，就最好对运输濒死者的地下买卖睁一只眼闭一只眼，或者两眼全闭，不然小心自己的尸首也最终计入监督对象之列。这可不是虚声恫吓，没过多久，四名督察员的家庭就收到匿名电话通知，让他们去指定地点接人。找到他们的时候，人没死，也不算活。面对严峻的形势，内政部部长决定给暗处的敌人来个下马威，他一方面敦促情报人员抓紧调查，另一方面彻底叫停此前首相授意的滴漏政策（这个放行，那个不放行）。对方立刻还以颜色，又有四名督察员遭遇同样的悲惨命运，不过这次，只有一通电话，直接打到内政部，这可以解读为一种挑衅，也可以说是纯粹逻辑导致的必然行为，就像有人声称，我们存在。不过，传达的信息不止于此，附带还有一条建设性的建议：我们来达成一项君子协定吧，电话另一头的声音说道，部长下令撤掉督察员，我们负责秘密运输濒死者；你们是谁，接电话的部门主任问道；一群热爱秩序与纪律的人而已，精于专业，痛恨混乱，言出必行，总之，一群讲诚信的人；你们的组织有名字吗，主任问道；有人叫我们黑手黨，"黑"字底的"党"；为什么是"黑"字底；为了区别于其他传统意义的黑手党；政府不会跟黑手党做交易的；白纸黑字、签名公证的交易当然不会；别的也休想；你是什么职位；服务部主任；哦，完全不了解现实的人；我也有我的职责；如果你能找到部长的话，我们现在唯一在乎的，是将我们的建议直接转达给有权定夺的人；我不能找到部长先生，但这次谈话内容将立刻移交给上级组织；政府将有四十八小时的时间来研究我们的提议，一分钟也不多给，但请告知你的上级，如果没有等到我们想要的答案，你们会发现更多昏死的督察员；我会转达；后天这个时候，我会打回来，听你们如何决定；记下来了；很高兴和您谈话；我不能说"也很高兴"；我确定，督察员安然无恙回到家的时候，您的意见会开始转变的，如果你还没忘记童年时的祷告词，现在就开始祷告他们没事吧；明白了；我知道你会明白的；就这样吧；四十八小时，一分钟也不多；下次肯定不会是我来答复你；当然是你；为什么；因为部长大人不会直接跟我通话的，而且一旦事情不妙，背黑锅的人将是你，记住，我们提议的是个君子协定；是的，先生；晚安；晚安。主任从录音机里抽出磁带，找上级谈话去了。

半小时后，磁带到了内政部部长的手上。他听了一遍又一遍，听完第三遍后问道，这个服务部主任是可信之人吗；目前为止，一点小的不良记录也没有，主任的上级答道；但愿也别有大的不良记录；大的小的都没有，上级没有听懂话里的讽刺，如此作答。部长从录音机里取出磁带，将磁条扯出。扯完后，卷作一团，放在一个大玻璃烟灰缸里，用打火机点燃。磁带开始褶皱、蜷曲，不到一分钟，就化作一摊黢黑、凌乱、一捏就碎的灰烬。他们应该也录下了这段与主任的通话，上级说；那不重要，谁都可以伪造电话录音，只要有两个人声和一台机器就够了，重要的是我们销毁了自己这儿的录音带，烧毁原带，意味着烧掉所有可以复制的副本；不用我提醒您，接线员对所有通话都做了记录的；那我们要保证，这些记录也一并消失；是的，现在，如果您允许，我先告退了，容您想一想这件事；已经想好了，你不用走；我并不吃惊，部长您脑力过人，想事情快极了；如果言不符实，那你刚才的话就纯属溜须拍马，不过我的确思维敏捷不假；您会接受对方的提议吗；我会给出反向提案；恐怕他们不会接受的，来电人不但语气坚决，而且满含恐吓之意，如果没有等到我们想要的答案，你们会发现更多昏死的督察员，这是他的原话；亲爱的同志，我们给的答复正是他们想要的；我不明白；恕我直言，同志，你还不能像个部长一样思考；我的错，抱歉；别抱歉，如果将来有人召唤你在部长岗位上报效国家，你会意识到，就在坐上部长座椅的那一刻，你的脑力会突飞猛进，那种质变你现在无法想象；我只是个公务员，不用做那种白日梦；听说过那句古谚吗，永远别说，我不会喝这水；现在部长您自己就有杯够苦的水要喝，上级指着磁带的余灰说道；当你有明晰的策略，并掌握充足的信息，制订一套安全的行动方案并不难；我洗耳恭听，部长先生；后天，服务部主任将和来电人通话，他就是代表内政部的谈判官，没有第二个人，他将告知对方，我们已同意考虑他们的提议，但要同时强调，如果没有一个合理解释，上千名督察员撤出岗位，公共舆论与反对党一定不会轻易放过；而且，这个合理解释当然不可以说，黑手党现在掌管了交易；是的，尽管同样的意思可以斟酌用不一样的话说出来；抱歉，部长先生，刚才我没多想就脱口而出了；好吧，到时候，服务部主任将给出反向提案，或者叫替代性建议，也就是，督察员原地不动，留守岗位，只是停止活动；停止活动；是的，我觉得这个词说得够清楚了；毫无疑问，部长先生，我只是表达一下我的惊奇；不知道你惊奇什么，这是唯一表现出我们没有向这群无赖妥协的办法；虽然事实上我们妥协了；重点是不要表现出来，门面还得维持，门后发生什么就不是我们的责任了；比如说呢；设想一下，我们现在截下一辆车，逮捕了一车人，不消说，这个风险已经包含在家属买单的发票里了；黑手党又不缴税，发票、收据都不会有的；这只是一种说法，重点在于，这是个皆大欢喜的局面，对于我们来说，卸掉了一大块负担，不会再有督察员受伤了，对于家属来说，知道他们的亲人终于从假活人变成了真死人，也该欣慰了，对于黑手党而言，他们也得到了工作的酬劳；完美的安排，部长先生；这需要钢铁般的保证，绝对没有人开口；我觉得您说得对；亲爱的，也许你的部长大人看起来有点玩世不恭；一点也不，部长先生，我只是钦佩您能迅速地厘清局势，如此稳健，如此严密，如此清晰；经验，亲爱的，都是经验；我会找服务部主任谈话，下达您的指示，我确信他能很好地传达信息，就像之前所说的，他在我这儿一点小的不良记录都没有；大的也没有，我相信；什么都没有，上级答道，他终于领会了话中微妙的诙谐。

　　一切，或者准确地说，几乎一切，都按照部长所预见的发生了。在约好的钟点，一分也不早，一分也不晚，自称黑手党的犯罪团伙联络人来电听取内政部的答复，服务部主任高分完成了指派给他的任务，在核心问题上，他表现得坚定、明确、令人信服，意思是说，督察员仍旧留守岗位，只是停止活动，主任很满意地得到了答复并稍后转告上级，当下能给出的最好回答就是，他们也将认真考虑政府方提出的替代性建议，二十四小时后再电话联系。事情就这样进行着。我们考虑后决定，可以接受政府的建议，但是有一个条件，只有忠于政府的督察员才该被停止活动，也就是黑手党一直没能说服与新老板——也就是他们自己——合作的那些人。让我们来试着理解一下罪犯一方的想法。面对全国范围的持久经营，他们必须征调最有经验的人员进行家访，这些家庭原则上倾向于摆脱他们挚爱的亲人，原因说来很高尚，为了免去他们陡然而永久的折磨，所以事态很清楚，黑手党除了使出他们惯用的武器，比如贪腐、贿赂、胁迫，还要最大限度地利用政府已经搭好的庞大情报网络。没想到半路踢到这块石头，如此一来，内政部部长的对策严重损伤了国家与政府的尊严。一面是剑一面是墙，一面是斯库拉一面是卡律布狄斯[1]，一面是十字架一面是圣水缸[2]，部长急忙跑去找首相商议，如何解开这个意外出现的戈尔迪之结[3]。最糟糕的是，事态已经走偏太远，现在无法回头了。首相虽然比内政部部长经验丰富，但也没找到更好的办法，只

---

1 斯库拉是希腊神话中吞吃水手的女妖，把守着墨西拿海峡的一侧，另一侧就是卡律布狄斯的大漩涡，船只经过时必须两者选其一。荷马史诗《奥德赛》中，奥德修斯选择了以牺牲六名水手为代价通过该海峡。

2 天主教传统中，临死之人头部需摆放一个十字架，脚部摆放一个圣水缸。

3 戈尔迪是传说中小亚细亚佛律基亚的国王，他在神庙中将自己的马车献给宙斯，用绳索打了个非常复杂的死结，把车辕牢牢系在车辕上，神谕凡能解开此结者，便是亚细亚之王。公元前三世纪时，马其顿的亚历山大大帝远征东方，经过佛律基亚时，看到这辆马车，也无法解开这个结。为了鼓舞士气，亚历山大大帝拔剑斩断乱结，说："我就是这样解开的。"

能提议再开一轮谈判，商定一个限额，比如说为对面工作的活动督察员，不能超过总人数的百分之二十五。服务部主任再一次被指派传达信息，对方已经开始不耐烦了，首相与内政部部长两人惴惴不安，却要强留希望，他们愿意相信，双方可以在调和的平台上最终达成共识。共识不会有双方签字，因为这是一项君子协定，一句话就足够了，如此可以规避字典里所说的"法定形式"。他们实在是对黑手黛人的歪心思和花肠子毫不了解。首先，他们没有约好一个答复的时限，结果可怜的内政部部长就成了热锅上的蚂蚁，随时做好准备递交辞呈。其次，几天过后黑手黛觉得应该打个电话过去，只为了通知对方，他们尚未考虑清楚这一平台是否足以调和，然后好像无关紧要似的顺便提了一句，非常遗憾，前一天又有四名督察员被发现处于重伤状态，他们对此事不负任何责任。最后，还好所有的等待都有结局，无论幸或不幸，全国黑手黛总部最终通过服务部主任和他的上级向政府给出了答复，分为两点：a. 人员比例上限不是百分之二十五，而是百分之三十五；b. 只要出于自身利益需要，黑手黛有权将为本方服务的督察员调遣到非活动状态督察员的岗位上代替他们，无须提前与政府商议，更无须征得同意。不容讨价还价。你看有没有什么摆脱两难困境的办法，首相问内政部部长。我不觉得存在什么两难，先生，如果拒绝，我估计又会每天多出四名无法工作的督察员，如果接受，我们就要任这帮家伙摆布，不知到什么时候；直到永远，只要还有家庭愿意不惜一切代价摆脱家里的累赘；您刚好启发了我一个点子；我不知道该高兴还是不高兴呢；我尽力了，首相先生，如果我变成了另一种累赘，您直说就好；好啦，别那么敏感，说说你有什么点子；首相先生，我认为我们处在一种再清楚不过的供求关系里；此话怎讲，我们现在谈的是，这些人想求死，只有一种办法；就像先有鸡还是先有蛋的经典问题，有时候很难分清楚，是需求先于供给，还是相反，供给推动了需求；我在想，把你从内政部调到经济部或许不错；两者并没多大不同，首相先生，内政里有经济，经济里也有内政，它们就好像连通器一样；别打岔，说说你有什么点子；如果第一户人家当初没有想到，问题的出路就在边境的那头，也许今天我们面对的情形就大不相同，如果不是那么多家庭之后竞相仿效，也不会出现什么黑手黨，想要开发这宗史无前例的贸易；理论上没错，但是我们知道，他们本事可大了，能从石头里无中生有榨出水来，然后还能卖钱，所以我还是没懂，你这是什么主意；很简单，首相先生；但愿是吧；长话短说，切断供给的源流；怎么做到呢；劝说那些家庭，以人类最神圣的准则之名，以爱与团结之名，请他们把垂死的病人留在家里；你怎么能相信这种奇迹会实现呢；我在设想一场巨大的宣传运动，通过所有媒体，报纸、电视、广播，包括上街游行，开宣讲会，散发小手册和贴画，室内室外演短剧，影片放映，尤其要倚重情感剧和动画片，这场运动要能催人泪下，让逃避责任与义务的家属心生懊悔，让人们变得更加团结、舍己、有同情心，我相信，用不了多久，这些罪孽的家庭就会意识到自己现在的行为残忍得不可饶恕，并会回归崇高的价值观，不久之前这些价值仍是他们世界观的牢固基石；我越来越糊涂了，我在想，是不是该把你调到文化部或者宗教局，好像你对这些工作也很有使命感呢；要么，首相先生，您把三个部门合并成一个吧；你是说，把经济部也一道合并；是的，它们都像连通器一样嘛；亲爱的，你唯一不胜任的应该是宣传部部长，这个宣传运动的主意，什么让家庭重新顺服于有情有义的心灵，纯属一派胡言；为什么，首相先生；因为现实中，这样的运动只会让承办人大赚一笔；我们办过很多这类运动啊；没错，但效果你也看到了，而且，回到我们当下的问题，即便你的这场运动奏效，也不是一天两天就能办到的，现在我必须做出一个决定；我听候您的指令，首相先生。首相露出一个沮丧的微笑，这整件事情简直荒谬、可笑，他说道，我们很清楚，现在没有别的选择，而且我方的提议其实恶化了事态；既然如此；既然如此，如果我们不想让自己的良心负债，不愿看到每天有四名督察员遭到虐打、被推到死亡的大门口，我们除了接受对方提出的条件，没有第二条路；我们也许可以开展一次警方闪电行动，搞一场突然袭击，抓他几十个黑手党投进监狱，或许我们可以让对方退缩呢；屠龙唯有斩首，削掉几个指甲毫无意义；多少有些意义吧；每天四名督察员，记住，内政部部长，每天四名，我们现在手脚都被绑得死死的了；反对党会激烈地攻击我们吧，指控我们把国家出卖给了黑手党；他们不会说国家，会说祖国；那更糟糕；希望教会愿意帮我们一把，我想他们应该能够接受这样的辩解，我们如此抉择，提供了一些有用的死者，况且这是为了挽救活人的生命；现在已经没有挽救生命这种说法了，首相先生，以前还有的；没错，需要造别的词来表达了。一阵沉默。接着首相说，就这样吧，给服务部主任下达必要的指示，开始研究停止活动的计划，此外我们还需要了解，黑手党想怎样布置这百分之二十五的督察员；是百分之三十五，首相先生；我并不感谢你提醒我，比起开局时看似不可避免的损失，我们现在的失利更加惨重了；真是难过的一天；如果接下来要遇害的四个督察员家庭知道此时此地发生的事情，他们不会这么说的；想想看，这四名督察员也许明天就要为黑手党工作了；生活就是如此，我亲爱的连通器部长；是内政部部长，首相先生，内政；内政部就是中心的那根管子。

5

　　想想看，政府在与黑手党起起伏伏的谈判中，做出了那么多、那么可耻的投降妥协，竟然同意让谦卑、诚实的公务人员转而为犯罪组织全职工作，想到这里，我们或许会说，道德堕落至此，已经无可复加了。不幸的是，当人要盲目穿越现实政治的泥沼之地，当实用主义接过指挥棒，罔顾乐谱上的音符肆意指挥，卑鄙的铁律必将昭示，仍然有堕落的阶梯可供逐级而下。通过干练的国防部，更真诚的年代里叫战争部，之前部署在边境沿线的武装部队收到指令，监视工作只限于几条主要公路，具体就是通向邻国的那几条，把次级、三级的公路交还给田园牧歌的平静，那些阡陌交通的地方公路、小巷、小路、小道、捷径，就更有理由放过了。这自然意味着，大部分军队将回到兵营，对于无阶无衔的普通士兵，包括班长和下士，这是大好消息，因为他们早已厌倦了夜以继日的站岗和巡逻，相反，军官当中倒是产生了明显的不满，看来似乎军人荣誉和报效祖国在他们心里比在别人那儿更有分量。然而，这种不满像毛细运动一样，上升到少尉一层之后，在中尉这级丧失了些许冲动，可到了上尉这级又大大地加强了。当然，谁也不敢大声说出黑手黨这个危险的字眼，但他们之间互相讨论时，都不可避免地回想起，就在卸甲归营的前几天，他们还截获了好多辆面包车，车内搭载着濒死的病人，司机身边都有一名官方委派的督察员，还没等他们开口，就掏出一纸文书，所有需要的签字、盖章一应俱全，上面写着，出于国家利益，特授权将病人某某移送至某不详地点，并说明军方有义务给予必要的协助，保障车内人员顺利到达目的地。如果不是蹊跷的巧合，这些正直的军官本不会心生任何怀疑，可至少有七次，督察员在递上文书的同时朝士兵眨了眨眼。从地理位置而言，这些情景发生的地点都相距甚远，因此有一种可能性可以立即排除，这肯定不是什么暧昧动作，用低级的勾引手段来吸引同性，或是异性，这并不重要。每名督察员或多或少表现出的紧张已将事实暴露无遗，然而所有人都好像把纸条塞入漂流瓶扔进大海求救一样，面包车里的这些躲躲藏藏不禁让眼尖的军官们想到猫最为人熟知的那招，如果它想被人发现，总会把尾巴尖露在外面。接着一道费解的军令将他们调回军营，于是私下里谣言四起，不知是谁也不知是怎么传开的，总之，有秘密的消息来源将矛头指向内政部部长本人。反对党的报纸响应了军营里的不妙气氛，亲政府的报纸则言辞激烈地予以否认，指责这种乌烟瘴气的风言风语只会毒害武装部队的士气，不过，的确有消息显示，一场军事政变正在酝酿之中，尽管没人能说清楚，政变是为了什么，但谣言已经扩散到一个地步，仿佛重病之人不会死已经下降为对公共利益的第二大危害了。并不是说，没人死去的问题已被人淡忘，咖啡馆的常客中广为流传着这么一句话，可作印证：至少，就算来一场军事政变，我们可以确定的是，不管射出多少发子弹，没人能杀死一个对手。随时随刻，人们等待着国王做一场激动人心的演讲，呼吁举国上下团结一致，等待着政府发布一则通告，宣布采取一系列紧急措施，等待着陆军、空军的高级将领——因为没有海，所以也没有海军——宣读公报，拒绝无条件效忠当局政府，等待着作家发表宣言，艺术家采取立场，等待着一场团结的音乐会，一场革命画报的展览，一次两大工会共同发起的总罢工，一篇主教们呼吁祷告、禁食的教牧书信，一次悔罪的宗教游行，等待着有人大规模散发黄色、蓝色、绿色、红色、白色的传单，甚至有人扬言要发起一场规模巨大的游行，不分年龄，不分状况，让所有悬而未死的人都来参加，沿着首都的几条主街行进，游行者可乘坐担架、轮椅、救护车，或是骑在健壮子女的背上，队伍前列举着巨型条幅，为了对仗工整要牺牲个把标点，上面写着，何其可怜可悲的我们，等着所有幸福的你们。不过最终，这些都省了。是的，关于黑手黨是否直接插手病人输送的怀疑并没有烟消云散，一系列后续事件也确实让此事显得更为确凿，但只需一个小时，来自外敌的突然威胁足以抚平一切内部的纷争，将教士、贵族、平民三大等级团结在国王周围，尽管观念进步了，三大等级的分化在这个国家依然存在，带着可以理解的保留态度，他们也算是团结在了政府周围。一如往常，这件事情可以寥寥几句交代清楚。

从那片无人死去的诡异国土，黑手党组织或自愿自发的掘墓者成群结队越境来袭，三家邻国政府不堪其扰，多次外交抗议无果后，一致决定协同行动，征调部队把守边境，严格执行命令，警告三次就可开枪。值得一提的是，一些黑手党分子刚穿过边境线，就立刻被对面近距离射杀，这就是我们通常所说的职业风险吧，黑手党刚好找到借口，随即以人员安全与操作风险为由，整体上调服务价格。对于黑手党的运作管理，概可以此管中窥豹，讲完这个细节，我们现在来谈谈真正的重点。又一次，军官们运用无懈可击的策略，绕过犹豫不定的政府和疑惑满腹的高层将领，先发制人，在所有人眼中当了回始作俑者，也自然变成了英雄，他们发动民众走出家门，在广场和大街小巷聚集抗议，要求部队重返战斗前线。边境这头的祖国深陷绝境，面对人口、社会、政治、经济四重危机，苦苦挣扎，边境那头的邻国对此无动于衷，袖手旁观，并最终撕下面具，露出了自己的真面目，这些冷酷无情的征服者，铁石心肠的帝国主义分子。他们纯粹是嫉妒我们，在商店、家中、广播、电视、报纸上，谈到、听到、读到的都是这样的论调，他们嫉妒，在我们的祖国没有人死去，所以妄想入侵、占领我们的国土，也好长生不死。两天后，士兵们举着迎风招展的旗帜全速开赴前线，一路唱着爱国歌曲，有《马赛曲》《光明在望》[1]《丰特的玛丽亚》[2]《宪章之歌》[3]《你看不到一个国家》[4]《红旗歌》[5]《葡萄牙人》[6]《天佑英王》《国际歌》《德意志之歌》《沼泽地之歌》[7]《星条旗之歌》，他们回到之前撤离的岗哨，武装到牙齿，坚定守候着迫近的攻击与荣耀。但什么也没有。没有荣耀，也没有攻击。征服少得可怜，更遑论什么帝国，邻国的诉求不过是别再有新型的强制移民，他们来到这里，未经准许就四处掘墓，如果只是下葬，倒也罢了，他们来到这里是为了杀人、害命、清除、消灭，就在穿越边境那精准而宿命的一刻，

1　Ça Ira，意为一切会好的，法国大革命时期广为传唱。

2　1846年，葡萄牙一次反政府的民众起义在丰特·阿尔加达起事，因有妇女积极参与其中，历史上称这次起义运动为"丰特的玛丽亚（Maria da Fonte）"。革命期间，旅葡意大利音乐家安杰罗·福伦多尼谱写了这首激动人心的战斗歌曲，在民众中传唱至今。

3　Hino da Carta，1826年，葡萄牙国王佩德罗四世为纪念宪章颁布，谱写此曲，1834—1910年为葡萄牙国歌。

4　Não Verás País Nenhum，原为巴西现代作家伊格纳西奥·罗约拉·布兰当的讽刺小说，后改编为多种艺术作品。

5　二十世纪初期意大利工人运动中著名歌曲。

6　葡萄牙国歌，1890年，面对英国粗暴的领土威胁，危机之中此曲应运而生。自1910年共和国建立至今，一直作为葡萄牙国歌。

7　Chant du Marais，该曲于1933年在纳粹的沼泽地集中营里诞生，后在西班牙内战、第二次世界大战中都广为传唱，至今仍是欧洲最知名的反抗歌曲之一。

仿佛脚刚过来，头就已经通知了全身，不幸的人吐出最后一口气，撒手人寰。两军骁勇，森严对阵，但这次不会血流成河。并非由于边境这头的士兵毫无杀意，因为他们确信，就算被一阵机枪扫射撕成两半，自己也不会死掉。虽然出于对科学的好奇，我们有充分的理由追问，人分成两半该怎么存活，如果胃留在了这边而肠子去了那边。无论如何，只有十足的疯子才想开第一枪。谢天谢地，没人开枪。那一头的邻国士兵就算想叛逃到这一边的黄金理想国，结果必然是立即遣返，而回到本国，等待他们的将是军事法庭。这事跟我们费力讲述的故事毫无关系，以后也不会再提，但是我们也不容它消失于墨水瓶的幽暗深处。最有可能的情形，是军事法庭开审前已有定论，它不会考虑人心对永生自古便有一种单纯的渴望；这一切要到哪里为止，如果我们永远活下去，到哪里为止呢，控方会用最低级的修辞如此发难，而被告方，不消说，也没那个底气给出一句合适的回答，因为自己也不知道，一切到哪里为止。至少希望这些可怜鬼不会被枪决吧。否则就真应了那句俗语，出去找羊毛，到头来自己被剃了。

我们换个话题吧。关于黑手黨是否直接参与了边境的病人运输，一些士官，包括与他们一派的少尉、上尉，都心存猜疑，我们也提过，这种猜疑被一些后续事件印证、加强了。现在该说说，这些事件是什么，都是怎样发生的。那户小农人家开了先例，接着黑手黨照方抓药，所做的不过是穿越边境、埋

053

葬死人，发一笔小财。与那户人家还有一处不同的是，黑手黨不会留意下葬环境的美观，或是沿路途中记下什么地形地貌的标志，好让家属以后还能找到坟墓，为当初的恶行懊悔不已，泪水涟涟地向死者祈求原谅。一个人不需要有敏锐的战略头脑，也可以理解三大邻国的举措，他们针对一直以来畅行无阻的掘墓行为，派兵在三段边境线上设立了一系列障碍。如果能被这样难倒，黑手黨也就不是黑手黨了。请允许我们多插一句，犯罪集团的领导者如此聪明、有才，却偏离正道，作奸犯科，违背《圣经》满有智慧的诫命，让我们汗流满面劳作糊口[1]，然而事实就是事实，套用阿达玛斯托的伤心词句，啊！厌弃之中我不知从何说起[2]，但我们还是要在此处讲一件令人难过的事，一道看上去无法渡过的难关，竟然被黑手黨耍花招绕了过去。讲述之前，我们最好先澄清一下史诗作者借忧伤的巨怪之口所说的"厌弃"是什么意思，在原文中，它只表示深深的忧伤、遗憾与难过，可是这么多年过去，普罗大众不无道理地认为，他们完全可以用这个高级的词汇表达诸如反感、厌恶、恶心之类的感觉，不得不承认，这与上面所说的原意毫无

---

1 《圣经·创世记》第三章第19节，神对犯罪后的亚当说："你必汗流满面才得糊口，直到你归了土。"

2 阿达玛斯托是希腊神话中的巨人，在葡萄牙伟大诗人路易斯·德·卡蒙斯的民族史诗《卢济塔尼亚人之歌》（*Os Lusíadas*）中，阿达玛斯托因为被女神忒提丝拒绝，情伤之至，化身为海中的巨怪，拦阻过往的水手。作者引用的这句诗，"啊！厌弃之中我不知从何说起（Oh! Que não sei de nojo como o conte!）"出自《卢济塔尼亚人之歌》第五章第56节。

关系。对于词语，多么小心都不为过，它们善变，就像人的观点一样。显然，这个花招并不像灌肉、封口、把香肠挂在烟道里那么简单，这事儿必须迂回进行，得派出贴着假胡子、戴着低檐帽的间谍，加密拍电报，用红盒子打秘密电话，半夜在十字路口碰头，石头底下藏纸条，在之前那些拿督察员生命当骰子掷的交易里，这些把戏我们差不多都见识过了。我们也不该认定，这次与此前一样，利益授受仅限于两方之间。除了这一国的黑手党，邻国的黑手党也同样地加入了磋商，唯有如此，才能保障国家框架下各犯罪组织与各国政府的独立性。任何一国的黑手党如果直接与别国政府谈判，都是不可接受的，甚至应该受到谴责。无论如何，目前事态还没发展到那种地步，国家主权神圣不可侵犯，这一原则对于黑手党和各国政府同等重要，对于政府而言，这点似乎不言而喻，但黑手党是否还残存最后一点谦卑，是否还尊重这一原则，或许就有人存疑了，但怀疑的人一定是忘了，黑手党是以多么令旁人汗颜的魄力保卫自家领地，击退异国同行的不轨图谋的。统筹这一切、调和全体与局部、平衡各方利益，都不是简单的工作，这也是为什么在整整两周漫长而无聊的等待中，士兵们拿着扩音器寻衅对方打发时间，不过他们总是小心注意，说话不能太过分，语气不能太夸张，以免哪句冒犯的话让某位冲动的中校冲冠一怒，打开战争之门。让谈判屡陷困局、不断拖延的一个重要原因在于，别国黑手党并没有可听调遣的督察员，少了这个无法抗拒的施压手段，收效自然就不如这边好了。虽然窃窃私语总是难免，谈判的这一阴暗面当然还不至于曝露于光天化日之下，不过完全有理由相信，这些邻国军队的中层将官，在上层的纵容默许之下，已经被当地黑手党的说客，以上帝才知道的价钱说服、收买了，好让他们对来来去去、进进退退的活动视而不见，而要想解决问题，这样的活动必然不可避免。一个孩子都能想出这样的点子，但要付诸实施，这孩子必须达到所谓懂事的年龄，然后亲自去敲黑手党招聘部的大门说，我放假来到这儿，听候调遣。

　　喜爱言简意赅、惜字如金的人，一定会问，如果这个点子如此简单，为什么我们还要说那么多废话才来到最关键的地方。其实原因也很简单，在某些人看来，就像东西生锈到处长斑一样，这篇故事也常常讲得半文不白，就算作为补偿吧，我们用一个很流行很现代的词来说，这个原因就是background。要讲background，人人都知道是什么意思，如果我们只是干巴巴地讲"背景"，如此陈旧的词语，不但乏味，而且显然表达不到位，因为background不仅是那层底色，还包括了观察对象与地平线之间那数不清的层层叠叠。也许我们最好把它叫作问题的框架。正是，问题的框架，现在我们终于有了框架，那么好的，是时候揭晓黑手党耍了什么花招来避免一场有百害而无一利的军事冲突。正如之前所说的，就连一个孩子都能想出这样的点子。其实很简单，就是开车将病人带过边境，一旦死去立刻掉头，埋葬在祖国母亲的怀抱里。"将了一军"用在这里，真是再严密、准确、到位不过了。显然，问题如此解决不用伤害任何一方的利益，四国的军队再也不必枕戈待旦，可以和平撤退了，因为黑手党现在的要求，无非就是入境随即离开，要记得，病人在被送到那边的一瞬间就死去了，一分钟也不用逗留，死亡的时间向来是最短的，一口气，就这样，所以你可以想象此处的情形，一根蜡烛，不用吹，说灭就灭了。安乐死也不如它来得更加轻易、甜美。现在一个有意思的新情况是，不死之国的司法部门即便想采取行动，也找不到任何依据来法办殡葬者，这倒不是因为政府与黑手党被迫达成的君子协定。不能以谋杀罪起诉这些人，因为严格来说，他们并没有杀人，另外，他们这种应受谴责的行径——如果哪位可以，请给它定个性——是在其他国家犯下的，更不能以私埋死者定他们的罪，因为这本该是死者的归宿，大家甚至应该感谢这些人，他们甘愿担负起这样一份受苦受累的工作，无论从身体还是心理上来说都不容易。司法部门最多只能找碴儿说，没有医生在场鉴定，下葬不符合程序规范，墓地不但标识不明，而且大雨一下，植物就温柔、欢快地破土而出，仿佛这事儿多新鲜似的。鉴于这种种困难，法律也会害怕自己淹没在上诉的泥潭里，而黑手党那群久经沙场的精明律师，一定会毫不心慈手软地玩死法律，所以法律只好决定耐心等待，坐观时变。无疑，这是可以采取的最谨慎的态度了。国家陷入了前所未有的动荡，当权者一头雾水，权威也被稀释，道德加速颠覆，人与人之间尊重沦丧，并蔓延至社会各个行业，大概上帝也不知道这是要把我们带向何方。有风言风语说，黑手黨正在与殡葬业谈一项新的君子协定，目的是合理制定工作、分配任务，用日常语言来说，就是黑手黨负责提供死人，殡仪馆贡献技术手段埋葬死人。传言还说，殡仪馆敞开怀抱欢迎黑手黨的这一提议，他们早就受够了，把自己千百年来积累的专业、经验、知识和哭丧队，浪费在埋葬猫、狗和金丝雀上，有时甚至是一只鹦鹉、一只僵死不动的乌龟、一只家养的松鼠、一只主人常常扛在肩头的宠物蜥蜴。我们从没这么堕落过，他们说。现在，前景看来一片光明，希望如园中的花坛一样百花齐放，甚至可以不揣矛盾地说，殡葬业终于迎来了新的生命。这一切都多亏了黑手黨的鼎力支持，还有源源不断的资金帮助。黑手黨向首都和其他城市发放补贴，以建立新店，当然，这些都是有回报的，在靠近国界的地方，死者一回到本国，需要有人宣布死亡的时候，总有一名黑手黨安排的医生就位等待着，他们还与各市政府达成协定，凡是他们运来的死者，无论白天、晚上，任何时候，都享有绝对的优先下葬权。自然，这些都需要很多很多钱，但这笔生意还是有的赚，因为这些额外、附加服务构成了开销的主要部分。突然，毫无征兆地，源源不断恒定输出濒死病人的水龙头被关掉了。病人家属们仿佛纷纷良心发现，他们互相告知，自己不会再把至爱的亲人赶到远方去送死，比较形象的说法是，我们既然已经吃了他们的肉，现在就要啃得动他们的骨头，不是只有风调雨顺、家人身强体壮时，我们才在这里，时运再怎么糟糕，我们也一样守在这儿，哪怕他们变成了一块洗都不值得一洗的破臭布条。殡仪馆又从欣喜跌入绝望，又要面对一场凄凉，一轮羞辱，又要去埋葬金丝雀、猫、狗，还有别的小动物，乌龟、鹦鹉、松鼠，不过没有蜥蜴，因为只有它仍可以待在主人肩膀上。黑手黨很镇定，并没有乱了阵脚，而是决定去打探个究竟。原因很简单。那些家属言辞闪烁、话语含蓄地告诉他们，从前可以做得神不知鬼不觉，只需趁着夜间一片死寂，把濒死的亲人悄悄运走，邻居们无从得知病人是依旧在病榻上煎熬，还是人间蒸发了。那会儿撒谎还比较容易，如果在阳台上看见邻居，对方问，爷爷怎么样了，只消神色哀伤地回答说，可怜哪，还在那儿躺着呢。现在彻底不同了，去世的人有死亡证明，墓碑上刻着死者姓甚名谁，几小时内，好忌妒、爱说闲话的邻里乡亲就会知道，爷爷死了，而方法只有一种，简单说，正是自家那些冷血、无情的亲人，把他送上了边境。这让我们羞愧难当，家属承认道。黑手黨听了一遍又一遍类似的话，表示会回去思考。这只用了不到二十四小时。依照第二十六页的事例，死者都是自愿赴死的，所以在死亡证明上，死因将登记为自杀。水龙头又打开了。

6

在上述这个无人死去的国度里，并非一切都是肮脏卑鄙的，这个社会被永生的希望与不死的恐惧所割裂，凶猛的黑手党腐蚀心灵，制服肉体，连老一辈一点点残余的优良原则也要污染殆尽，然而不是社会的每一个角落都能被他们的利爪刺穿，有时一封闻起来像贿款的信件会被立即退回，附以一则坚定而清晰的答复，例如，拿这钱给你的孩子买点玩具吧，或是，一定是收件地址弄错了。尊严是每个阶级都伸手可及的一种骄傲。无论如何，尽管到处有假自杀和肮脏的边境交易，这儿的"灵"依旧运行在水面上[1]，不过不是海洋的水面——海浸泡着远方的土地——而是运行在湖泊与河流上，还有涓流小溪、雨后的小水洼、清澈明亮的深井（没有什么比井更能让

1　此处指涉《圣经》开篇："起初，神创造天地。地是空虚混沌；深渊上一片黑暗；神的灵运行在水面上。"（《创世记》1:1—2）

人懂得天有多高），而最特别的，是鱼缸里平静的水面。新手哲学家心不在焉地看着金鱼游到水面上吐了个泡，然后稍微上了点心，暗自回想多久没给鱼缸换水了，每次金鱼游上来打破空气与水交接处那层极其轻柔易碎的表面，他都明白鱼儿想说什么，正是在这天机乍泄的一刻，新手哲学家遇到了一个清晰而质朴的问题，正是这个问题，后来在这个无人死去的国家里挑起了历史上最为炽热、激烈的一场争论。那灵运行在鱼缸的水面上，问了新手哲学家这么个问题，你有想过，死亡对于所有的生灵而言都是一样的吗，无论是动物，包括人类，还是植物，从人人踩踏的小草，到百米高的巨杉[1]，一个人知道自己必有一死，一匹马却对此无从得知，杀死他们的是同一种死亡吗。那灵接着问道，蚕把自己严严实实地包在茧里，它是在哪一刻死去的，一个生命怎么可能从另一个生命的死亡里诞生，飞蛾的生命从蚕的死亡里生出来，它们怎么可能是如此不同的同一体，抑或是蚕没有死，因为它在飞蛾的身体里继续活着。新手哲学家回答道，蚕并没有死，而是作为飞蛾在产卵后死去；你还没出生，我就知道这个了，运行在鱼缸水面的灵说道，蚕没有死，飞蛾破茧而出时，茧里找不到任何尸体，你说的，一个从另一个的死亡里诞生了；这叫变形，大家都知道是什么意思，新手哲学家说得有几分居高临下；这个词很好

1　原文此处为巨杉的拉丁文学名sequoiadendron giganteum。

听，充满了希望与肯定，你提到变形这个词，便接着说下去，看来你还不明白，词语只是我们贴在事物上的标签，并不是事物本身，你永远不会知道这些事物的真实面目，更不晓得它们真正的名字，因为你给它们起的名字不过如此，不过是你给它们起的名字；我们俩到底谁是哲学家；我不是，你也不是，你不过是个哲学的初学者，而我只是那运行在鱼缸水面上的灵；我们刚才在谈论死亡；不是死亡，是复数的死亡，我问的是，为什么人不再死去，而动物还在死，为什么一些生命的不死不属于另一些生命，我得提醒你，你再不换水，这条金鱼就快死了，当它死时，你能从它的死亡中认出另一种死亡吗，只是不知出于什么原因，你现在暂时豁免其外；以前，在人还能死的时候，有那么不多的几次，我当场看着人撒手尘寰，我从没想过，他们的死与我要早晚经历的死亡是同一种；因为你们每一个人都有属于自己的死亡，从出生的那一刻开始，它就在隐秘中与你如影随形，它属于你，你也属于它；那动物呢，植物呢；我想它们也一样；每一个都有自己的死亡吗；没错；这么说来，死亡有很多种，过去、现在、将来，有多少生命存在，就有多少种死亡；是的，可以这么说；你在自相矛盾，新手哲学家大叫道；每一个生命各自死亡可以说是属于有限生命的次等死亡，它随着自己夺去的生命一同消逝了，但在这类死亡之上，有另一种更大的死亡，它从人类的起源开始便掌控着这一物种；所以，死也有等级之分略；我想是的；那么对动物而言呢，从最低级的原生动物到蓝鲸；都是如此；那么植物呢，从硅藻到巨杉（因体形巨大，上文引用其拉丁文学名）；据我所知，它们都概莫能外；也就是说，每个生命都有各自的、个体的、不可转嫁的死亡；是的；然后，还有两种普遍性的死亡，分别属于大自然的两界；正是；塔纳托斯所代表势力的等级分布就到此为止了吗；想象能及之处，我还看到另一种死亡，那终极、至高的死亡；那是什么；这种死亡将毁灭整个宇宙，虽说真等到了那天，已经不剩一个人可以念出它的名字，但它真正配得上死亡这个称谓，至于其他的，我们现在为止所讨论的一切，相比都是微不足道的琐碎细节；就是说，死亡不是唯一的咯，新手哲学家略显多余地总结道；我跟你说的一直就是这个；这么看来，是属于我们的那种死亡暂停了活动，而属于动物、植物的其他死亡仍在运行，它们彼此独立，各司其职；你被说服了；是的；那就去告诉每一个人吧，运行在鱼缸水面的灵说道。争议就这样开始了。

第一种反对的说法是，运行在鱼缸水面的灵的大胆理论是由一位新手而非资格深厚的哲学家代言的，他的学问不过是教科书上几条原生动物般低级的基本原理，不仅如此，这些原理还是东一块西一块拼凑出来的，零零散散，不仅颜色、形状极不协调，也无针线穿引其间，总之，他的哲学充其量叫大杂烩或折中主义。真正的问题还不在此。没错，这套理论的核心是运行在鱼缸水面的灵提出的，但我们只要读一读前面两页展开的对话，不难发现，这个有趣观点产生的过程中，哲学新人也是有所贡献的，至少他是聆听者，而众所周知，自苏格拉底以降，聆听者就是所有对话关系中不可或缺的要素。至少有一点不可否认，那就是人类不再死去，而动物仍会。至于植物，任何一个对植物学再无知的人都会承认，它们如以前一样，生长、变绿，然后凋残、枯干，而最后这个阶段，不管有没有腐烂，如果不算死亡，就没有更好的解释了。某些反对者说，这里的人没有死去，而其他生命仍然在死，这只能说明，常态还没有退出整个世界，无须赘言，常态的意思简单明了，就是时候到了我们便死去。死去，而不必卷入这样的争论，争论死亡究竟是一出生便属于我们，还是它四处游荡，恰巧注意到了我们。在其他国家，仍旧有人死去，而那里的国民似乎并未因此感到不快。起初，自然有几分妒忌，酝酿过一些阴谋，甚至有几次科学界的间谍活动，想要一探究竟，然而他们看到了随后降临在我们头上的种种麻烦，于是那里民间的整体情绪可以表达为：万幸，咱们逃过一劫。

不出所料，天主教会骑着往常那匹战马，杀进这场争论，声称上帝的旨意神秘莫测，且向来如此，用言辞略带不敬的日常用语说，就是我们不可以透过天堂的门缝偷窥里面的事情。教会还称，自然因果规律临时或者略显持久的暂停，并不算什么新鲜事，想想过去两千年间，上帝允许了无数神迹奇事发生，这次唯一的区别在于奇迹的规模，以前往往是因为个人的信心，神迹降临在个人身上，而这次上帝一视同仁，一整个国家——姑且这么说吧——都获得了长生不老的仙丹妙药，按理说，本来只有信徒可以指望区别对待，然而无神论者、不可知论者、异端、叛教者、各种非信者、异教徒、好人、坏人和更坏的人、良善君子和黑社会、刽子手和死刑犯、警察和小偷、杀人犯和捐血者、疯了的和理智的，所有人，一个不少，都同时见证并受益于神迹历史上最伟大的一场神迹：肉体的永生与灵魂的永生永久地绑定在一起。天主教廷内，主教以上的神职人员并不喜欢某些渴慕神迹的中层教士不断报告的神秘事件，他们通过一篇语气坚定的通讯让信徒了解到上层的意思，通讯中自然不可避免要提到上帝难以测透的旨意，并坚持传达这样一种见解，其实在危机发生的头几个小时里，红衣主教与首相通话时已即兴提出了这一见解，当时主教还设想自己是教皇并请求上帝原谅他这样设想，他的提议是，立即宣传死亡延迟这一全新理论，号召大家相信所谓时间的智慧，这种古往今来备受称道的智慧告诉我们，总有一个明天，能解决今天看似无法解决的问题。一位读者致信给他最喜爱的报纸的主编，声称自己接受死亡延迟这个理论，但是无意冒犯想问一句，教廷是怎么得知这个真相的，既然教会如此消息灵通，那必然也知道这场延迟要维持多久吧。该报在编者按中提醒读者，这不过是一道提议而已，尚未付诸实施，也就是说，教会对于此事的了解跟我们一样，也即一无所知。这时，有人写了篇文章，要求辩论回到最初的问题：死亡究竟是一个还是多个，单数还是复数，笔走至此，本人想借此机会谴责教会的暧昧立场，一切不过是缓兵之计，旨在拖延时间，回避任何明确表态，故而采取一贯的策略，给青蛙腿上夹板，左右和稀泥，谁也不得罪。这第一条民谚让记者们有些困惑，他们一辈子都没读到或听过这种说法。面对这个谜题，在适度、健康的职业好胜心驱使下，他们从书架上取下字典，有时要写文章或者新闻，这些字典偶有帮助，于是他们一头扎进字典，誓要弄清这只蛙类动物到底是在这儿干吗。结果一无所获，或者说，是的，他们找到了青蛙，找到了腿，找到了上夹板这个动词，但还是无法触及这三个词生硬地组在一起的深层含义。然后终于有人想到，把很多年前从外省来的门卫老头儿叫来，以前大家都笑话他，因为尽管在城里生活了这么久，他说话的语气还是像爷爷坐在火炉边给儿孙们讲故事。大家问他听没听过这条谚语，他说听过，大家问他知不知道是什么意思，他说知道。那请您给我们讲讲，总编请求说；先生们，上夹板，就是把夹板固定在骨折的地方；这我们知道，我们想请您指教的是，这跟青蛙有什么关系；当然有关系了，没人能给青蛙腿上夹板；为什么；因为它的腿动个不停，从不歇着；那这句话是什么意思呢；就是瞎耽误工夫，青蛙不会让你绑的；但那位读者应该不是想说这个吧；这句话也可以用来说，有人花了太长时间完成一件工作，如果是故意的，那就是拖延时间，也就是给青蛙腿上夹板了；

这么说，教会是在拖延时间，给青蛙腿上夹板；是的，先生；那读者这样写，就完全讲得通了；我想是的，虽然我只是个看大门的；您帮了我们一个大忙；你们不需要我解释另一句话吗；什么话；和稀泥；不用了，这个我们知道，每天都会用。

这场有关死亡是单数还是复数的争论，最初由运行在鱼缸水面的灵和新手哲学家挑起，如果不是一位经济学家写的文章，争论或许就以喜剧或闹剧收场了。尽管经济学家也承认，精算并不是自己的专业特长，但还是自认为对该领域足够了解，有资格在公共场合质询，今后二十年左右的时间里，国家哪来的钱支付上百万人的养老金，他们退休后，便再也没有足够的工作能力，然后几百上千年地永远活下去，同时有更多数以百万计的人义无反顾地加入他们的行列，不管怎样，这种等差或是几何级数的累加一定是灾难性的结果，它意味着动荡、骚乱、政府破产，大家各自逃生，最终无人幸免。面对这幅恐怖的图景，玄学家们别无选择，只能三缄其口，天主教会也别无选择，只得继续转动摸烂了的念珠，等待着世界末日，在他们的末世观里，这是一劳永逸的解决方式。回到经济学家那些令人不安的论据，其实这笔账并不难算，我们这样来看，一部分工作人口在支付社保开销，而另一部分非工作人口，因上了年纪、力不能胜而退休，从工作人口那里支取自己的养老金，而工作人口相对于永远只增不减的非工作人口，一直是相对减少的，所以很难理解，为什么没有人立即领悟到，死亡的消失看似是人类的高潮、巅峰、极乐，其实并不是什么好事。那些哲学家、空想家，先是在自己苦思冥想的丛林里迷失了一会儿——他们思考的存在与虚无，用老百姓的话说就是没事找事——然后常识才平淡回归，像用铅笔在草稿纸上写a+b+c一样证明给大家看，明明有更加急切的问题需要考虑。基于对人性黑暗面的了解，不出所料，经济学家那篇令人不安的文章甫一登出，良知未泯的部分人群对濒死者的态度果然开始朝坏的方向发展。在此之前，虽说濒死病人带来的诸多麻烦与不便有目共睹，不容小视，然而大家依然同意，对于老者与病人的普遍尊重是任何一个文明社会的基本义务，所以无论多么麻烦，照顾他们也是义不容辞的，有时，熄灯前的一丝同情与关爱，让这种照顾显得更加温馨。当然，众所周知，也有许多铁石心肠的家庭，凭着一腔无可救药的冷血行事，甚至极端到请来黑手党处理掉自己的亲人，那不过是些可怜的人体残剩，在被汗液浸湿、屎尿污染的床单上无尽煎熬，这些家庭理应受到我们的谴责，就像"木碗"故事里的那家人一样，这个讲述了千百遍的故事最后，多亏了一个八岁小孩的善心，全家人才免于读者的咒骂。故事几句就能讲完，这里我们再讲一遍，好对没听过的新生代有所启迪，但愿不会被讥笑为天真或是煽情。注意了，好好听这堂德育课。从前，在传说中的古老国度里，有这么一家人，爸爸、妈妈，还有爷爷，他是前面提到的那个八岁小男孩爸爸的爸爸。爷爷年纪很大了，所以双手哆哆嗦嗦，吃饭时食物总会掉到桌上，惹得儿子儿媳大为恼火，一再警告他要小心点，但这位可怜的老人实在力不从心，挨骂的时候反而颤抖得更加厉害了，结果总是弄脏桌布或把食物漏到地上，更别说围在脖子上的餐巾了，早中晚餐，一日三换。有鉴于此，儿子看不到老人好转的希望，决心结束这令人不快的情形。他带回家一只木碗，跟父亲说，从今天起，你就坐在门口的台阶上用这个吃饭，那儿比较容易打扫，你儿媳妇也不用烦神洗那么多脏桌布和餐巾了。说完就走了。一日三餐，老人独自坐在门阶上，竭尽所能把食物送进嘴里，结果一半中途掉落，另一半也有部分滴到了下巴上，最终能咽进我们称为食道的实属不多。小孙子似乎并没在意爷爷受到的恶劣待遇，他看看爷爷，再看看爸妈，然后接着吃饭，仿佛事不关己。直到一天下午，爸爸下班回来，看到儿子拿着刀正在雕一块木头，心想他大概是给自己做个玩具，在那个遥远的年代稀松平常，这不足为奇。但是第二天，他注意到，那不是一辆小车，因为看不到任何地方可以嵌入轮子，于是问道，你在做什么呢。小男孩装作没听见，继续用刀尖刻他的木头，这个故事发生的年代，父母没那么容易大惊小怪，不至于跑过去一把抢过刀这种非常实用的玩具制作工具。你没听见吗，你用那块木头做什么呢，爸爸又问了一遍，儿子头也不抬地回答说，我在做一个碗，等爸爸老了，手哆嗦了，像爷爷一样被叫去门阶上吃饭的时候用。这是大有能力的圣言。爸爸眼上的鳞片纷纷掉落，终于得见真理与光明，他立即去请求父亲的原谅，等到晚餐的时候，又亲手扶老人家落座，亲手拿着勺子将饭食喂到老人嘴边，亲手温柔地给老人擦拭下巴，因为父亲已经做不到这些了，但他还可以。至于之后发生了什么，历史并无记载，但我们相当确信，小男孩的雕刻就此中止，那块木头也原样搁在那里。没人想把它烧掉或丢到外面，或是因为不愿让这一课被人遗忘，或是因为有一天，有人想要完成这个活儿，如果我们考虑到人性黑暗面巨大的存活能力，这没什么不可能的。正如有人曾经说过，一切可能发生的事情，终会发生的，不过是时间问题，如果有什么目前为止还没见识过，只是因为我们的阅历还不够丰富。不管怎么说，为了不让人指责我们以偏概全，还需交代的是，仍然有人相信，这么美好的故事只要有份报刊能从集体记忆满是灰尘的书架上将它取下，拂去上面的蛛网，改编成电视剧，就能帮助许多良心衰微的家庭重新尊重、培养过去社会所注重的精神价值，想当年，卑劣的物质主义还没有像今天这样肆意横行，人们自以为坚强的意志尚未被攻陷，然而人的意志，终究不过是脆弱的道德心，无可救药，令人沮丧。我们还是保留点希望吧。我们愿意相信，当小男孩出现在屏幕上的一刻，这个国家半数的人会跑去找张纸巾擦拭泪水，而另一半的人，大概出于隐忍的性格，只会默默任凭眼泪滑过脸庞，这更说明了，人对犯下恶行或默许恶行的自责，并不都是表面文章。但愿我们还来得及救救爷爷奶奶。

出乎意料的是，共和派在这个微妙的当口，不合时宜地发声了。尽管他们具备政党的组织结构，并定期参加竞选，但人数并不多，甚至在国会都没有席位。不过，他们还是吹嘘自己有一定的社会影响，尤其在文学艺术界，不时会发表一些宣言，字句工整，却千篇一律、无关痛痒。自从死亡消失，共和派也不见了生命的迹象，作为一个处在斗争前沿的反对党，它甚至没有敦促当局澄清流言，说清楚黑手党究竟有没有参与运输濒死病人的卑鄙勾当。如今，整个国家陷入迷茫，在作为世界独一的骄傲和与众不同的惶恐之间徘徊无定，而当此时机，共和派提上桌面的竟然只有国体问题。顾名思义，这是一群显而易见的君主制反对者，他们自认为想出了一套新的说辞，来论证建立共和制的必要与急迫。他们说，一个国家拥有一位永远不死的君主，这违背了最基本的常理，即便国王明天就决定因为年迈或脑力衰竭而退位，他仍旧是王，他的身后将是一系列没完没了的登基和退位，一连串无穷无尽的君主躺卧在病榻之上等待着永远不会到来的死亡，一代代半死半活的国王，如果不摆放在王宫的走道里，则势必要堆满甚至挤爆王室的宗庙，那里供奉着难逃一死的列祖列宗，如今他们只剩下些散架的骨头和发霉、枯干的遗体。相形之下，更符合常理的选择是拥戴一位共和国的总统，任期固定，一届一换，最多两届，下台后就随便他过自己的生活，做演讲，写书，出席各种宴会、论坛，在圆桌边高谈阔论，全球巡游，受到八十国接待，裙子再次流行时评论裙子的长度，探讨大气中臭氧层的损耗，如果到时候还有大气的话，总之，悉听尊便。反正不用每天在报纸、电视、广播里看到或听到的都是一成不变的病情公报：王家医院里的住院病人的病情既不好转也不恶化，而值得一提的是，王家医院之前已经扩建两次，并且即将再次增建。王家医院要用复数指称，因为就像所有的医疗机构一样，男女病人向来是分开的，所以国王和王子们住在一边，王后和公主们住在另一边。现在，共和派号召民众践行自己的光荣权利，将命运掌握在自己手中，开启一种新的生活，向着未来的曙光走上一条鲜花盛开的全新道路。这回，宣言影响的不仅仅是艺术家和作家，鲜花之路的幸福图景和对黎明曙光的呼唤，在其他社会阶层当中也大受欢迎，结果，新党员大量加入，规模非同寻常，人人誓要投身这场浩浩荡荡的运动之中，还没有真正创造历史之前，这场运动就已注定要永载史册了，就像鱼还没钓上水面时，它也早已是鱼了一样。不幸的是，在接下来的日子里，这场预言式的共和主义运动尚在成形之中，而它众多狂热的新支持者在言语表达上，却不能始终保持尊重，斯文有辱，民主蒙羞。某些人已经越过了恶俗的边界，如谈到王室家族时，有人说，我们再也不会用手镯去拴畜生，或是拿松糕喂驴了。凡是品位上好的人都认为，这些字眼令人难以接受，简直不可原谅。只消说，国家金库再也无法支撑王室及其臣仆持续增长的开销，这么说大家都能听懂。既说了真话又不冒犯人。

共和派的攻击甚是猛烈，更主要的是，那篇经济学文章令人不安地预言了事态发展的必然后果，用不了多久，上文所言的国家金库就不足以支付看不见边际的养老金开支，这些情况使得国王不得不通知首相，他们之间需要一次开诚布公的谈话，一对一，没有录音，没有证人。首相应邀赴约，他首先关心了王室成员的健康状况，尤其是王太后，去年年底她老人家本已随时准备晏驾归西，然而最终她跟其他许多人一样，保持着一分钟十三次的呼吸，锦缎盖被下趴着的身体并没有别的生命迹象。国王陛下感谢首相关心，说太后虽身体受难，却不失尊严，那尊贵的血液依然在她的血管里流淌，说完他便转向议事日程上的话题，第一条，就是向共和派宣战。我不知道这些家伙脑袋里想的是什么，国王说，这个国家眼看着就要在史上最可怕的一次危机里沉船了，而他们谈论的却是变更国体；这我不担心，陛下，他们只是趁机宣传自己所谓的政体方案，说到底，不过是一群穷渔夫，想要浑水摸鱼；而且严重缺乏爱国情感，可悲；没错，陛下，共和派也有所谓的祖国观，只是他们自己明不明白都是个问题；他们什么观念我不在乎，我只想跟你了解，他们有没有可能强行改变国体；他们在国会连个席位都没有呢，陛下；我是说政变、革命的可能；毫无可能，陛下，人民拥护他们的国王，军队忠于合法的政府；那我就放心了；绝对可以放心，陛下。国王在议事日程"共和派"一词旁边打了个叉，说，好了，接着问道，这个无法支付养老金的说法是怎么回事；我们现在可以支付养老金，陛下，只是未来前景暗淡；看来是我误读了，我还以为养老金已经停发了呢；不是的，陛下，让人十分担心的是未来；哪方面让人担心呢；所有方面，陛下，政府会破产，像纸牌房屋一样崩塌；只有我国会遇到这种情况吗，国王问；不，陛下，长期来说，所有国家都会受影响，但是，关键差异在于死还是不死，这是最根本的不同，原谅我说这种废话；我没听懂；在其他国家，人们照常死去，死亡人口平衡着出生人口，但在这里，陛下，我们的国家没有人死去，看看太后吧，眼瞅着要咽气了，最后还是没死，当然这是幸事一件，可实事求是地说，绞刑索已经套在我们的脖子上了；虽然如此，我听到些风言风语，说还是有人死去；是的，陛下，但那不过是沧海一粟，不是每个家庭都敢迈出那一步的；哪一步；把濒死者交给负责自杀的机构；我不明白，如果人不能死，自杀有什么用；这些人可以；他们怎么做到的；一言难尽，陛下；但说无妨，这里没有别人；在国境的另一边，人是可以死的，陛下；就是说，这个机构把人带到那一边；没错；这是个慈善机构吗；它能帮我们稍稍减缓一点濒死者的积压，但就像我说的，不过是沧海一粟；这到底是个什么机构呢。首相深深吸了一口气，说道，是黑手党，陛下。黑手党；是的，陛下，有时候政府别无选择，只能找些外人来干脏活儿；你以前可从没跟我说过；陛下，我一直想让您置身事外，我来担负全责；那驻守边境的军队呢；他们有一项功能要行使；什么功能；让边境看起来对自杀者设防，实际上却没有；我以为军队是在那儿抵御入侵的；从没那种危险，我们同世界各国政府都签订了协议，一切尽在掌控之中；养老金问题除外；是死亡问题除外，陛下，如果不能像从前那样死去，我们就没有未来可言。国王在"养老金"一词旁打了个叉，说，某些事情需要发生；是的，陛下，某些事情需要发生。

7

秘书推门进来的时候，信封就摆在电视台台长的桌子上。紫色的信封，不太寻常，上面的字是机器打的，纸质是仿亚麻，看上去很旧，给人一种用过的感觉。信封上没有任何地址，没写寄信人倒时有发生，但没有收件人的事从未有过，那间办公室是用钥匙锁上的，这会儿刚刚打开，晚上没人能够进来。秘书把信封翻过来，想看看背面写了什么，这时她心里冒出个想法，并且隐隐觉得，这种感觉或想法很荒唐，她感觉自己在用钥匙开锁进门的时候，那封信还不在桌上。胡思乱想，她嘟囔道，我应该是昨天离开时没注意到它在那里。她环视整个办公室，看看每样东西是不是还在原位，然后走了出去，回到自己的座位。作为备受信任的秘书，她有权打开这封或任何一封信，无论是没有任何限制标识的，还是私人、保密的信件，但她没有打开这封，她自己也不明白为什么。她两次从

椅子上站起身，半推开办公室的门。信封还在那里。我这是疯
了，应该是信封颜色闹的，她想道，真希望他赶快进来，终结
这个谜。"他"指的是台长，今天迟到了。十点一刻，人终于
来了。台长平时沉默寡言，每天进来之后道声早安，便径直走
向办公室，一般五分钟过后，才叫秘书进来，这五分钟够他整
理妥当，并点上早晨的第一支烟。今天秘书走进来时，台长的
外套还没脱掉，也没在抽烟，他手上拿着一张和信封同样颜色
的纸，两只手都在颤抖。他转头向走上前来的秘书看去，但好
像不认识她一样。突然，他伸出手臂张开五指让她站住，说出
的话仿佛是从另一个人的喉咙里发出的，马上出去，把门关
上，任何人不能进来，任何人，听到没，不管是谁。秘书关切
地想知道出了什么事，但被他粗暴地打断了，我叫你出去，没
听见吗，他问。他几乎是在吼叫，出去，现在，滚。这位可怜
的女士出来时双眼噙满了泪水，她不习惯被这样对待，当然，
台长与常人一样，也有自己的缺点，但总的来说还是很有涵养
的，平时不会拿秘书像阿猫阿狗一样使唤。一定是信上写了
什么，没有别的理由，她一边找纸巾擦干眼泪一边这样想道。
她想得没错。如果她还有胆子再闯进去，就会看到台长在屋
里疾步踱来踱去，脸上的表情简直是要发狂，仿佛不知道自
己该做什么，同时又很清楚，除了自己没人能够解决。台长看
了看表，又望了眼那张纸，用极其低沉、几近沉默的声音咕哝
道，还有时间，还有时间，然后又坐下读起了那封神秘信件，

同时另一只手机械地在脑袋上划来划去，仿佛是想确定，脑袋还在那里，没有被胃里那股翻江倒海的恐惧涡流一并吞噬。读罢一遍，他的眼睛望着空处发呆，暗自想道，我必须找什么人说说，这时，一个试图解救他的想法冒了出来，也许这是个玩笑，烂俗至极的恶作剧，某个心怀不满又有妄想症的电视观众干的，毕竟有那么多不高兴的观众，作为电视台领导，他更该清楚，世界不是一片祥和；但通常不会有人直接写信给我作为发泄的，他想。很自然，想到这儿，台长终于拿起话筒询问秘书，信是谁拿来的；我不知道，台长先生，我像平时一样开门，进来，它已经在那儿了；但这不可能，晚上没人能进这间办公室；是的，台长；那该怎么解释呢；您别问我，台长，刚才我就是想跟您说这事儿，但您压根儿没给我时间；我承认刚才有点莽撞，对不起；没关系，台长，但确实让我难过。台长又不耐烦了，如果我告诉你这里发生了什么，你才明白什么是真正的难过。说完挂了。他又看看表，自言自语道，看来别无选择，只有这个办法了，有些决定不是我能做的。他打开通信录，寻找那个号码，找到了，在这儿，他说。仍然不住颤抖的双手，好不容易找准了电话按键，更不容易的是等那一头接起电话时，他的声音还能准确说出自己想说的话，请给我接首相办公室，他请求道，我是电视台总台长。接听的是办公厅主任，早上好，台长先生，很荣幸接您电话，我能帮您什么；我有一件十万火急的事，需要立即与首相见面；您能给我说说是什么事吗，我可以代您转达首相；抱歉，不可以，这件事不但紧急，而且高度机密；那可以告诉我大概关于什么吗；我这双早晚要入土的眼睛跟前有一封信，对国家的意义非比寻常，我这么说如果还不够充分，还不足以安排我与首相先生随便在哪儿立即见面，那么我对您的个人与政治前途深表担忧；有这么严重；我就告诉您，从此刻起，每耽误一分钟，您都要负全责；我会试试看的，首相先生现在非常繁忙；如果您想立功授勋，就去请他别忙了；现在吗；我等着；我可以再问您一个问题吗；但说无妨；您刚才为什么说，这双眼睛迟早要入土，那都是以前才有的事了；我不知道您以前是什么，但我确定，现在您就是个白痴蠢货，快给我接通首相，马上。没想到台长能说出这么粗暴的话，他的精神有多反常可想而知。一种混沌的情绪支配着他，连他自己都不明白为什么要骂人，明明对方只是问了一个问题，措辞、意图也都完全合理。我得道歉，他懊悔地想道，以后说不定还有求于人家。首相的声音听起来很不耐烦，发生什么事了，他问，据我所知，电视台的事情不归我管啊；不是电视台的事，首相先生，是一封信；是的，我知道是一封信，需要我做什么；只求您读一读，就这样，至于剩下的事，用您那儿的话说，就不归我管了；感觉你很紧张啊；是的，首相先生，我不只是紧张；神秘信件里到底说了什么；我不能在电话里说；我们的连线很安全；就算安全，我也不会说的，这件事再怎么小心都不为过；那就把信送来；我必须亲手交给您，不能冒险找人代呈；那就派我的人过去拿，比如我的办公厅主任，没有比他更亲近的心腹了；首相先生，求您了，如果不是生死攸关的事，我也不会冒昧打扰您，我需要立刻见您；什么时候；就现在；我正忙着呢；求您了，首相先生；好吧，既然你那么坚持，就过来吧，但愿你说的机密真有那么重要；谢谢，我马上赶到。台长放下电话，把信塞进信封，藏在大衣最里面的一个口袋里，起身就走。双手不再发抖了，但却满头大汗。他用手帕擦干汗水，然后拿起内部电话打给秘书，说要马上出门，让她备车。责任转移给了另一个人，这让他稍微平静了一些，再过半个小时，他在此事中的职责就可以结束了。秘书出现在门口，车已经备好了，台长先生；谢谢，我跟首相有个会面，不知道要去多久，但你千万别跟任何人说；放心吧，台长，我一个字也不会说；再见；再见，台长，祝您一切顺利；眼下的局势，我们很难知道什么是顺利，什么是不顺；这倒是；对了，你父亲怎么样了；还是老样子，台长，继续受罪，不过也不像在受罪，只是人渐渐憔悴、消瘦了，这种状态已持续两个月了，照目前的形势发展下去，早晚也要轮到我，加一张床躺在他身边；谁知道呢，台长说了一句便出去了。

办公厅主任在门口迎接台长，态度明显很冷淡，打了个招呼，然后说，我带您去见首相先生；等等，首先，我想请求您原谅，我们的谈话中的确有个白痴蠢货，那就是我；更有可能我们谁都不是，办公厅主任微笑道；如果您知道我这口袋里装的是什么，或许就可以理解我的精神状态了；别担心，我真心感觉原谅您了；非常感谢，无论如何，过不了几个小时，定时炸弹就会爆炸，到时候就真相大白了；但愿爆炸声别太响；爆炸的轰隆会比任何雷声都要响，光芒比任何闪电都要令人炫目；您说的让我有点害怕了；到时候，伙计，我肯定你会再次原谅我的；咱们走吧，首相先生正等您呢。二人穿过一个房间，过去叫作前厅，一分钟后，电视台台长站在了首相面前，首相笑脸相迎，我们看看你带来了什么生死攸关的问题；无意冒犯，首相先生，我相信这是您嘴里说出过的最准确的话。他从口袋里掏出信来，摆在桌上。首相感到奇怪，这上面没写收件人；也没有寄件人姓名，台长说，仿佛是写给所有人的；匿名信；不，首相先生，您会发现，是署了名的，您读一读吧，请。首相慢慢打开信封，展开信纸，只读了头几行，就抬起头说，这像一场恶作剧；也许吧，但我并不相信，今天早上，这封信不知怎的就摆到了我的办公桌上；但这不足以让我们认为，这上面说的是可信的；您接着读，请继续看下去；首相读至信尾，嘴唇缓缓动了动，默默念出署名的两个音节。他把信放下，摆在桌上，目不转睛地盯着台长说，我们试想一下，假如这是个玩笑；这不是玩笑；我也认为不是，但我说试想一下，意思是，过不了几个小时我们就能知道真假了；准确地说，是十二个小时，现在是正午十二点；正是，如果信上所言是真的，而我们不告知民众，那么去年年底那一幕就会反向再来一遍；不管我们公布与否，结果都是一样的；都是相反的；相反，但是一样的；没错，但是，假如我们发布了消息，而最终证实这只是场恶作剧，那大家就是徒劳传播一条假消息了，虽然"徒劳"这个副词有待商榷；我认为没必要做此假设，首相您刚才也说了，您不认为这是恶作剧；是的；那我们该怎么办呢，公布还是不公布；这是个问题，我亲爱的台长，我们得深思熟虑，苦思冥想；问题就在您股掌之间，首相先生，您得做这个决定；我是得做决定，其实，我完全可以把这张纸撕得粉碎，然后坐等事情发生；我觉得您不会那样做；是的，我不会那样做，所以必须有个决断，但是光说要告知民众是不够的，还要想好公布的方式；社会传媒就是为此而生的，首相先生，我们有电视、报纸和广播；你的意思是说，我们把这封信发给所有媒体，附上一份政府公报，呼吁民众保持冷静，再给出几条紧急情况下的行动建议；首相您表述想法的方式，永远令我望尘莫及；谢谢你的奉承，但我现在要你认真设想的是，如果我们这样处理，会发生什么事情；我不明白；我以为电视台台长的悟性比这要高呢；是吗，抱歉让您失望了，首相先生；这不奇怪，你被巨大的责任吓蒙了；而首相先生没被吓到；我也被吓到了，只是吓到不等于束手无策；国家之幸；再次谢谢夸奖，以前我们俩没怎么说过话，一般我都是跟有关部门的部长谈电视工作的，但我觉得，是时候把你变成举国皆知的大人物了；这我倒不太明白了，首相先生；很简单，这件事我们俩要保守秘密，决不能让第三个人知道，直到今晚九点，电视新闻开始宣读官方公报，解释今晚午夜将要发生的事情，同时也要传达这封信的大意，而播报这两条消息的人就是你了，电视台的总台长，第一，这封信是给你的，虽然没写收件人，第二，电视台总台长受我本人信任，你我二人受托共同完成这项使命，这也是签署此信的女士所暗示的意思；首相先生，找个播音员就能干了这活儿；我不要播音员，我要电视台总台长；如果这是您的意思，我会视为一种荣誉；直到晚上民众得知消息前，我们俩是唯一知道今夜十二点会发生什么事的人，如果我们照你说的那样，立即给媒体通风报信，那将会出现长达十二小时的混乱、恐慌、骚动、群体癫狂，鬼知道还要出什么幺蛾子，因此，既然我们不能避免这些反应，这里的"我们"指政府，至少我们可以将其缩短到三个小时，而之后的事情，我们就管不了了，一切都会发生，眼泪、绝望、难以掩饰的轻松、重新开始思考人生；看起来是个不错的主意，因为我们也没有更好的办法了。首相又拿起信来，眼光匆匆扫过，说道，奇怪了，署名的首字母应该是大写啊，但这里用的是小写；我也觉得奇怪，用小写字母署名有点反常；你说说看，我们经历的整个故事，有哪里是正常的吗；的确没有；对了，你会复印吗；我不是专业的，但弄过几次；太好了。首相把信纸和信封插进一个塞满文件的公文夹里，并叫来办公厅主任，下令说，你去把文印室立即清空；里面有职员在工作呢，首相先生，那就是他们办公的地方；你让他们上别处去，在走廊里等会儿，或者是出去抽根烟，我们只借用三分钟，对吧，台长；三分钟都用不了，首相先生；我可以复印并做到绝对保密，如果我没猜错的话，是这个意思吧，办公厅主任说；正是这个意思，保密，但是这回我要亲自操作，由台长先生当我的技术支持；没问题，首相先生，我会命令他们清场。几分钟后，主任回来了，已经没人了，首相先生，如果没别的什么事，我就回办公室了；我很高兴，都不用我开口，希望你别因为这些秘密行动把你排除在外而介意，过不了今天，不用我说你就会明白，为什么我们这么小心；当然，首相先生，我决不会怀疑您这么做背后的善意；说得好，我的朋友。办公厅主任一离开，首相就拿起文件夹说，咱们走。文印室空无一人。不到一分钟，复印件就出来了，一笔一画，一字一句，都丝毫不差，但毕竟不是同一件东西，少了紫色信纸那种令人惶惶不安的气息，它不过就是一封普通、无聊的信函，跟那种"见信平安阖家幸福我在此处一切安好"的通信并无二致。首相把复印件递给台长，你拿好，原件我留着，他说；那政府公报呢，我什么时候能收到；你坐下，我马上口述给你听，很简单，亲爱的同胞们，政府今日收到信函一封，认为理应通告全国，虽无从确证其真实性，但来信内容事关重大，不容小觑，本政府固然不愿预言成真，也承认信中所言未必发生，然而，为了让广大民众在紧张、危机局势下不致惊慌失措，经政府批准，即刻由电视台总台长宣读此信，最后，无须赘言，即便面对我国我族自有史以来最危难的时局，本政府仍将一如既往看顾广大人民的利益与需要，所以特此呼吁大家保持沉着冷静，一如诸君年初以来面对各类艰难挑战常能沉着应对，与此同时，我们坚信，有一个美好的未来就在前方，我们应享的平安、幸福终将失而复得，亲爱的同胞们，请记住，团结就是力量，这是我们的口号和信条，让我们团结一致，未来必属于我们，好了，就这样，看到没，很快吧，这种政府公文不需要很高的想象力，甚至可以说，它们是自己把自己写出来的，那儿有台打字机，你誊写一遍，然后保存好，直到今晚九点，这两份东西一刻也不能离身；您放心吧，首相先生，我很清楚自己在此关头的职责，相信我，不会让您失望的；很好，现在你可以回去上班了；请允许我离开前再问您两个问题；请说；首相您刚才说，今晚九点之前，都只有两个人知道这事；没错，你和我，没有别人，连政府都不知情；那国王呢，请原谅我多管闲事；如果国王陛下也看电视，会跟其他人同时知道；我猜，陛下没有提前得到消息，应该不会高兴吧；这不用担心，国王，当然，我是说君主立宪制下的国王，有一个最大的美德就是极其善解人意；哦；你另一个问题是什么；不能算是一个问题吧；那是什么；这个，坦诚地说，您展现的冷静叫我诧异，首相先生，在我看来，今晚午夜全国上下即将发生的事情，就是一场大祸，一次史无前例的巨灾，就像世界末日，而看看您，就仿佛是在处理一桩政府日常事务一样，心平气和地发号施令，刚才我甚至觉得您微笑了一下；我敢肯定，如果你知道这封信让我不费吹灰之力就解决了多少问题，亲爱的台长，你也会微笑的，现在，我要去工作了，还有很多指令要下达，我还要和内政部部长谈话，让他部署警力进入戒备状态，我会制造一个合情合理的借口，比如公共秩序可能生变什么的，内政部部长不是一个浪费很多时间思考的人，他更喜欢行动，如果想叫他满足，让他行动就好了；首相先生，请您相信，我真心觉得与您共度这样的重要时刻是我无上的荣幸；你这么想很好，但是记住，如果这间办公室里你我说过的任何一个字走漏出去，我能叫你很快改变这种看法；我理解；希望你能像立宪君主一样善解人意；是的，首相先生。

时间将近晚上八点三十分，台长把电视新闻的栏目负责人叫到办公室，通知他今晚的节目开场将向全国宣读政府公报，该公报照例由当天的轮值主播宣读，然后他自己，台长本人，将诵读另一份文件，作为第一份文件的补充。新闻栏目负责人感觉这个流程有点奇怪，不多见，反常，令人费解，不过没说别的，只是要这两份文件，好输入提词器，这个神奇的设备能让人产生一种狂妄的幻觉，仿佛播音员是在直接并单独跟每一位观众说话。台长回答说，不用提词器了，我们就按过去的老方法念，台长讲道，他还说自己会在八点五十五分准时进入演播室，将政府公报交给主播，并且严令主播，只能在开始朗读前打开文件夹。栏目负责人心想，此刻应该对事件表现出一点好奇，有这么重要吗，他问；半小时后你就知道了；那国旗呢，台长先生，需要在您的座位后面摆放国旗吗；不用了，什么旗也别放，我既不是首相也不是部长；也不是国王，新闻负责人一脸逢迎地微笑道，希望对方能听出自己的暗示，台长就是国王，国家电视台的国王。台长假装没听见，你去吧，二十分钟后我进演播室；来不及给您化妆了；我不要化妆，宣读非常简短，到时候，电视观众有更多东西要想，而绝非我有没有化妆；好的，台长您说了算；不过还是得注意，镜头别聚焦在我脸上的坑洼，我可不想自己在屏幕上像是刚从土里挖出来似的，今晚尤其不想。八点五十五分，台长走进演播室，把装有政府公报的文件夹递给当班主播，然后走到留给自己的位置上坐下。果然，消息不胫而走，演播室里比平时挤了更多的人，大都是被反常的状况吸引而来。制片人叫大家安静。晚上九点整，伴随着标志性的背景音乐，出现了晚间新闻华丽耀眼的片头，一连串画面迅速闪过，为了让观众相信，电视台二十四小时运营，就像过去人们描述上帝那样，是无处不在的，并从世界各个角落发回报道。主播一念完政府公报，二号摄影机里的台长立即出现在了屏幕上。看得出，他很紧张，声音僵硬。他清了清喉咙，然后开始念道，国家电视台总台长，尊敬的先生，我特此通知关心此事的人群，今晚午夜，死亡恢复正常，就像过去一样，自太初直至去年十二月三十一日始终如此，无人惊诧，我应该解释一下自己为什么中止了活动，停止索命，从前许多想象力丰富的画家、雕塑家在我手上放了一把标志性的长柄镰刀，我却善刀而藏，为的是让那些如此厌恶我的人类尝尝永远，也就是永恒活着的滋味，虽说现在只有我和你，国家电视台的总台长，我还是得承认，我完全搞不清，永远和永恒这两个词到底有没有大家认为的那样相近，无论如何，几个月过去了，我们可以管这段时间叫耐受期或宽限期，无论从哲学层面的道德角度，还是从社会层面的实用角度，此次实验的结果实在可悲可叹，因此，出于对众多家庭和社会整体的善意，无论是横向还是纵向的社会，我想来到公众面前，承认自己造成的混乱，并宣布立即恢复常态，也就是说，本来应该死去的那些人，无论健康与否但活了下来的那些人，当今晚午夜的最后一记钟声敲响，他们生命的烛光也将在风中熄灭，请注意，最后一记钟声只是一种象征性的说法，别真有人蠢到去停掉塔楼里的钟摆或是从钟内拆下钟锤，以此来拖延时间并抵抗我不可收回的成命，我做此决定，是为了把至高的畏惧感交还给人心。之前演播室里的大部分人都走了，而留下的那些人彼此间窃窃私语，导演已经惊掉了下巴，完全忘了叫周围的人别再嗡嗡低语，换作平常不那么戏剧性的时刻，他往往会做出怒不可遏的手势制止旁人，所以，屈服吧，死去吧，别再争辩，争辩完全无济于事，不过，有一点，我自认为有义务认错领罪，那就是我一直以来残酷而不公的方式方法，取人性命却言之不预，突如其来，毫无征兆，我必须承认，这有失体面，冷酷无情，很多时候都不给人时间留下遗嘱，当然，大部分时候我会派遣疾病为我开路，但奇怪的是，人类总盼望能摆脱疾病，直到为时已晚，才会意识到这是最后一次生病，不管怎样，从现在起，每个人都会公平地得到预告，有一周的期限可以安排好余生，留下遗愿，与家人道别，为以前的过错请求原谅，与断交二十年的表亲言归于好，说了这么多，最后，国家电视台总台长先生，我只请求您今天把这则消息传达到这个国家的千家万户，我以众所周知的名字签署此信，死亡。台长看见自己淡出了屏幕，才站起身来，把信叠好，塞进大衣最里面的一个口袋。只见导演向他走来，脸色苍白，面容扭曲，所以，就是这事，导演喃喃道，声音轻得几乎听不见；就是这事，台长默默点点头，向门口走去。他没有听见播音员结结巴巴地继续播报：感谢以上您的收听；接下来的新闻都已无关紧要，因为全国上下没有一个人会在意，家里有濒死者的，会聚集到那不幸之人的床头，但不能告诉他还有三个小时就要死了，不能让一直拒绝留下遗嘱的他趁着现在立遗嘱，或者问他是否愿意叫来表亲言归于好，也不能按照虚伪的习俗询问他是否感觉好了一点点，一家人只能凝视着那张苍白、憔悴的脸庞，再偷偷瞥一眼时钟，等待着时间流逝，等待世界的列车回到往常的轨道，继续它以往的旅程。还有不少人家已经付了钱给黑手党，叫人运走那堆讨厌的残骸，善良些的家庭这会儿不至于为已经花出去的钱而流泪，但他们还是意识到，如果当初再多一丝温情和耐心，就可以免费脱手。街上一片混乱，随处可见有人茫然伫立，迷失方向，不知该往何处逃跑，有的人伤心欲绝，号啕痛哭，还有的人彼此拥抱，仿佛已经决定就此开始道别，某些人在争辩，这一切是否该怪罪政府，或是医学，或是罗马的教皇，一位怀疑论者提出，自己从不记得死亡什么时候给人写过信，所以应该立即对其笔迹进行分析，他说，这是因为一只白骨组成的手写字的方式必然有别于一只完整、真实、活动，有血液、血管、神经、肌腱、皮肤、血肉的手，由于骨头不会在纸上留下指纹，所以无法以此甄别信的作者，而DNA检测或能有所发现，让大家对终其一生保持沉默却意外致函的死亡了解一二。此时此刻，首相正在与国王通电话，向他解释为什么没有提早告知陛下死亡的这封来信，国王说是的，他完全理解，然后首相说，今晚午夜最后一记钟声将不幸结束王太后悬于一线的生命，他对此深表哀悼，国王耸耸肩说，半死不活倒不如死个利索，今天是她，明天是我，尤其当今王储已经表现出了不耐烦的迹象，时常会问什么时候轮到他来做立宪制的君主。这段秘密通话透露着罕见的真诚，电话刚一挂断，首相就指示办公厅主任召集所有政府要员，立即召开一级紧急会议，给他们四十五分钟时间，十点整，我要在这儿准时见到他们，首相说，未来几天，新的局势必然会造成各种动荡、骚乱，我们得讨论、通过、实施一些必要对策把混乱程度降到最低；您指的是，如此短的时间里要处理如此多的死者吗，首相先生；这倒是次要的，老伙计，殡葬机构就是为解决这类问题而存在的，这么一来，他们的危机倒是化解了，只要算算即将挣到手的钱，开心还来不及呢，所以，就由他们去做自己分内的工作，埋葬死人吧，需要我们处理的是活人的问题，比如组织心理治疗团队，帮助人们弥补精神创伤，很多人本已如此确信自己可以永远活着，而现在又人人难免一死了；讲真的，确实挺难接受的，我自己都那么认为过；别浪费时间了，让部长们把各自的秘书也都带来，十点整，我要在这儿见到他们，如果有人问起，就告诉对方说，他是第一个被通知的，这些人就像爱吃糖的小孩子一样。电话响了，是内政部部长；首相先生，所有的报纸都打电话给我，他说，索要刚刚那封以死亡之名在电视上宣读的信的复本，而我，很遗憾，对此毫不知情；没什么好遗憾的，是我自作主张，决定保守秘密，这样我们就不用忍受十二个小时之久的恐慌和骚乱了；那我该怎么做；别担心，现在我就让办公厅把信发给所有媒体单位；太好了，首相先生；政府会议将于十点准时召开，带上你的秘书；副秘书们也一起来吗；不，留着他们看家吧，我常听人说，人多坏事；好的，首相先生；要准时，十点零一分会议开始；您放心，我们会是最早到的，首相先生；你会得到属于你的勋章；什么勋章；只是种说法，别太在意。

各殡葬公司的代表，包括负责下葬、火化、迁葬、二十四小时服务的，也同时在公司集合开会。全国成千上万人同时死亡以及相应的后事料理，让这个行业面临着前所未有的巨大挑战，现在只有唯一一个解决办法，经过理性的成本计算，这也是从经济角度而言回报相当丰厚的方案，那就是通过统筹协调，将所有的个人资源和技术手段，即后勤力量，都集中起来，建立一个按贡献比例分蛋糕的机制，行业协会主席幽默地说道，其他同行偷偷地微笑鼓掌。需要考虑的事很多，比如说，从人们中止死亡那天起，棺材、墓碑、骨灰盒、棺材架、灵柩台的制作就停滞了，即便少数守旧的木匠铺还留有存货，那也就是蓝雪花的花苞，挺不过一个早晨。这么文雅的用典，出自行业主席之口，非特意为之，却赢得了同行们赞许的掌声，他接着说下去，无论如何，咱们的羞辱到头了，再也不用埋葬猫猫狗狗和宠物金丝雀了；还有鹦鹉，人群中一个声音说道；还有鹦鹉，主席附和道；还有热带金鱼，另一个声音提醒说；这是运行在鱼缸水面的灵引起那场争论之后才出现的，会场秘书纠正道，从现在起，那种服务就交给猫吧，正如拉瓦锡[1]所言，自然界里物质不生不灭，一切只是转化。你真的无法想象，与会的殡葬界人士见识浅陋却又爱夸夸其谈到什么地步，有一位代表对时间甚是担忧，手表走到十点四十五分，他举起手臂，提议致电木工协会，询问对方有多少具棺材：我们需要

---

1 十八世纪法国科学家，被誉为"近代化学之父"，他提出了元素的概念并验证了质量守恒定律。

知道，明天起，有多少存货能指望得上，他最后说道。果然，他的提议受到热烈拥护，但是主席却难掩不平，因为这个主意竟然不是自己想出来的，他提醒说，这个钟点了，木匠铺肯定没有人；容我斗胆质疑，主席先生，我们在这里开会，他们一定也在因为同样的理由开会。提议者揣摩得完全正确。木工协会回复说，死亡来信刚一宣读，他们就通知所有会员单位，立即恢复生产棺材，而他们陆续得到的信息是，不仅很多单位迅速召集了工人，大部分已经开工生产了。虽然现在不该是上班时间，协会发言人说，但考虑到这是全国范围内的突发情况，所以我们的法律顾问肯定，政府只能对此视而不见，甚至还要感谢我们，只是我们无法保证第一阶段内制造的棺材能像往常为顾客做得那样精细，漆面、抛光、棺盖上的耶稣受难像，这些只能等到安葬的业务压力降低时，留到第二阶段完成，无论如何，作为殡葬流程中的重要一环，我们很清楚自身的责任。殡葬单位代表会议上，再次响起了更为热烈的掌声，现在好了，可以彼此道贺了，不会有尸体无人掩埋，不会有业务无人受理。掘墓人呢，提出这个建议的人追问道；掘墓人自然会奉命行事，主席愤愤答道。然而事与愿违。另一通电话后，大家得知，掘墓人要求高达平时工资三倍的涨薪。这归市政府管，主席说，让他们来处理。万一我们到了墓地，却找不到人挖坑呢，秘书问道。讨论继续如火如荼地进行。晚上十一点五十九分，主席心脏病发作。午夜最后一声钟响，他死了。

8

　　这远不只是一场大屠杀。死亡单方面停战的七个月里，积累下一份史无前例的候补名单，濒死病人超过六万，准确说是六万两千五百八十人，刹那间同时安息，那致命一瞬的巨大杀伤力，只有某些可耻的人类行径可以相提并论。有必要顺便一提，死亡自己单枪匹马索取的性命，向来不及人类杀死的多。现在，也许某些好奇的人想追问，我们是怎么得出如此精确的数字，六万两千五百八十人，同时并永远地闭上了眼睛。其实很简单。已知这个国家大约有一千万居民，死亡率在千分之十左右，两个简单的四则运算，一乘一除，再小心地将每年每月的平均数纳入考量，我们由此即可得出一个较窄的数值范围，而最终所取的结果是一个合理的平均值，我们之所以说合理是因为，如果不是最后一刻殡葬业主席的意外离世给我们的计算引入了一个干扰项，我们一样可以采用两头的数值，六万两千五百七十九人或六万两千五百八十一人。即便如此，我们仍有信心，第二天一早通报的死亡统计将会证明以上演算精准无误。还有一些好奇的灵魂，就是总会打断叙事者的那种，也许会问，医生怎么知道去敲哪家哪户的门呢，须知没有他们的认证，一个人即便死得再毋庸置疑，在法律上也不算正式死去。当然，有些情况下，死者家属会通知家庭医生或临时医师，然而这仍是非常有限的，因为此举的本来目的，是要在最短的时间内将一种反常的状况正式化，以免出现所谓的祸不单行的情景，就此事而言，就是人突然离世，还腐烂在了家里。这时我们就看到，一位首相能爬上如此高位绝非平白无故，而且，正如各国各族的智慧一再总结道的那样，什么样的人民就配有什么样的政府，要说清这个道理，只消看看各国的首相、总理，有好也有坏，各国的人民也是如此。是好还是坏，一句话，没准儿。如果要多说几个字，就是一切视情况而定。我们将会看到，危急时刻，该国政府的应对甚是妥当，即使是难免抱有偏见的旁观者，也不得不承认这一点。我们应该记得，当初这个民族无辜懵懂地闯入了长生不死的怀抱，开头的几天甜蜜美好，却终究短暂，有一位女士，刚守寡不久，为了庆祝这份新鲜的喜悦，想到在自家餐厅外种满鲜花的阳台上挂上一面国旗，正对着外面的街道。我们应该还记得，不到四十八小时，悬挂国旗的风潮席卷全国上下，如星火燎原，似瘟疫暴发。历经七个月持续而煎熬的幻灭，街面上的国旗已所剩无几，不多的幸存者，也已沦为垂头丧气的破布条，日晒雨淋，吞噬了它的色彩，旗上的徽章污迹斑驳，更是叫人唏嘘。政府这时显示出了令人钦佩的先见之明，他们不仅采取了一系列紧急措施，力图减轻死亡突然回归造成的多重损失，还指挥民众恢复悬挂国旗，作为标记：那里，三楼左边那户，有一名死者等待处理。众多家庭遭受到命运女神[1]无情的伤害，他们一接到指示，便派一位家人去买国旗，悬挂在窗户上，一边驱赶逝者脸上的苍蝇，一边耐心等待医生前来鉴定死尸。不得不承认，这个主意不仅高效，而且甚是体面。每一座城市、乡村、小镇、村庄里的医生，或驾驶汽车，或骑自行车，或是徒步，只需沿街寻找旗帜就可以了，然后上楼找到标记的人家，无须任何仪器辅助，仅凭肉眼鉴定，因为形势急迫，不可能再做任何细致的检查，最后留下一纸签过字的文书，好让殡仪馆对其原材料的状态放心，以免他们来到吊丧的人家，买不到羊头，只有狗肉。也许有人已经意识到，再次使用国旗的主意实在是一举两得，一箭双雕。一开始，旗子可以当作医生的向导；现在，又成了殡葬人员的灯塔。除了与这个国家狭小面积不成比例的首都地区，在那些较大的城市里，市区都是横平竖直地划分区域，用那位倒霉的殡葬业主席不无幽默的话说，这建立了一个按比例分蛋糕的机制，而且在与时间的赛跑中，大大方便了人体运

1　希腊神话中，命运女神有三位，此处指代表死亡的那一位——阿特洛波斯。

输者们完成工作任务。悬挂国旗的另一大好处，是先前没有预见的，它揭示出我们集体投入怀疑主义的怀抱是多么的大错特错，一些公民对根深蒂固的社会礼仪心存敬重，并且出门仍会戴帽子，每当他们经过国旗装饰的窗前，都会很有风度地摘帽，在空中留下一抹值得钦佩的悬念，不知他们致敬的是死者还是祖国神圣而鲜活的象征符号。

毫无疑问，报纸一时销量巨大，似乎比当初死亡暂停时卖得还要多。当然，很大一部分人群早先通过电视已经得知大难临头，其中许多人甚至自家就有死亡的亲属正在等待医生，国旗在外面的阳台上独自哀哭，但是不难理解，昨晚电视机的小小屏幕里，电视台台长发表讲话的紧张画面终究不同于这些惊恐、不安的印刷品，上面满是耸人听闻、预告末日的标题，这些报纸可以折叠起来，放进口袋，带回家慢慢细读，此处我们仅列举几个特别招人眼目的标题：《天堂之后是地狱》《死亡领舞》《不死只有一会儿》《再次被判死亡》《将军》《预警即刻生效》《叫天不应叫地不灵》《一张紫色信纸》《一秒之内六万两千人丧生》《死亡午夜总攻》《命运无人能逃》《从美梦到梦魇》《回归常态》《我们做了什么遭此待遇》等。每一家报纸都在首页刊登了死亡的亲笔信，无一例外，但是有一家为了方便阅读，将全文内容用十四号字在一个方块内重新打了出来，并纠正了其中的标点和句法错误，校准了动词变位，把缺少的大写字母补上，包括最后的签名，把小写的死亡改成大写的死亡，这是个听不出来的差别，但也许会激怒信函作者再次以书面形式写在紫色纸张上回信抗议。据该报咨询的一位语法学家声称，死亡本人连最起码的书写规范都没掌握。至于字迹，他说，不仅没有规律，还有几分诡异，它似乎综合了所有拉丁文字所有的书写方式，已知的、可能的、反常的，仿佛每个字母都是由一个不同的人写上去的，但这倒情有可原，相比之下不过是个小瑕疵，更严重的问题是句法混乱，省略句号，需要的地方不打括号，分段极为不清，逗号乱点，尤其罪无可赦的是，有意甚至恶意地不用大写，就连该信的署名也用小写取而代之。这是一种羞辱，一种挑衅，语法学家继续说道，进而发问：死亡享有无与伦比的特权，可以认识过去所有时代最伟大的文学天才，如果它都这样写东西，明天我们的孩子为什么不会仿效这种语言的灾难呢，孩子们大可以借口说，死亡来这儿混了那么久，应该对每一个学科的知识都了如指掌才是，而结果不过如此。最后，语法学家总结道，这封耸人听闻的来信错误连篇，不禁让我思考，我们所面对的，要么是一场巨大而恶劣的骗局，要么是可悲至极的现实，它无情地证明，信中威胁的可怕情形已经实现了。不出所料，当天下午，该报的编辑部就收到一封死亡的来信，言语激动地要求立即更正其署名，主编先生，死亡写道，我不是大写的死亡，我仅仅是死亡，小写，大写的死亡是一种诸位尚无法想象的东西，尔等人类，看好了，语法学家，我也会用尔等，尔等人类目前只认识我这小写的死亡，而即使在最惨烈的灾难中，它也无法阻断生命的延续，终有一天，你们将认得大写的死亡，到那时，假如它还给你们时间的话，虽说不大可能，你们就会明白相对与绝对、盈满与空无、尚存与不再之间的真正差别，而我所说的真正差别，是相对、绝对、盈满、空无、尚存、不再这些词语无法表达的，因为或许你们还不明白，词语是游移不定的，每天都在改变，像影子一样无常，词语本身就是影子，既存在又非在，像肥皂泡，像听不见回声的贝壳，像被砍伐的树干，这些信息都是免费送你们的，我就不收钱了，不过，你们需要向读者解释清楚生命与死亡的真实面貌，现在，回到本信的目的，这封信与电视上宣读的那封一样，都是我亲笔所写，我请贵刊实践报界的荣誉准则，在同样的位置以同样的排版更正往期的疏忽或错误，如果此信不得全文刊印，主编先生将自担风险，我为您数年后预备的警示将于明天立即生效，为了不致您的余生惶惶不可终日，我就不说是几年了，以上，谨启，死亡。第二天，该信准时准点见报刊印，并附以主编痛心疾首的致歉，信的内容以原件和铅字两种方式呈现，同样是十四号字，印在同样大小的方块里。主编自从读到这封恐吓信，就把自己关在上了七道锁的地堡里，直到报纸发上了街头才敢出来。某笔迹学权威亲自递交了一份研究报告，结果被惊魂未定的主编拒绝发表。掺和什么死亡签名的大小写，惹来的祸就够我受了，他说，把你的分析投给别家报纸吧，有什么倒霉事大家分摊着来，从现在起，怎么着都行，就是别让我再受这种惊吓了。笔迹学家去找另一家报纸，换了一家，又换一家，直到第四次，就要丧失希望的时候，才终于有人接收了他的劳动成果，那可是他花了许多个钟头、夜以继日拿着放大镜解谜得出的研究结果。这份报告内容充实，写得绘声绘色，一开头便提到，对于手写文字的解读，本是相面学的一个分支，也许有人对这一精密科学不是很了解，它的其他分支有手势表达、动作解读、表意动作学、辨声学，然后作者列举了这门复杂学问在各个时代的最高权威，卡米祐·巴迪、约翰·卡斯帕尔·拉瓦特、爱德华·奥古斯特·帕特里希·奥卡尔、阿多夫·汉斯、让-希波吕特·米其翁、威廉·特里·布莱耶、凯撒·隆布罗索、于勒·克雷皮厄-雅敏、鲁多夫·波法尔、路德维希·克拉格斯、威廉·黑尔姆特·穆勒、艾丽斯·因斯卡特、罗伯特·海斯，多亏了他们，笔迹学作为一个心理学体系得以重新构建，并揭示出笔迹细节特征的模糊性与整体理解这种模糊表达的必要性，陈述完该学科的核心史实，我们的笔迹学家进而不厌其烦地鉴定起研究对象的书写特征，具体说，就是字的大小、下笔力道、布局、行距、角度、标点、高低笔画间的比例，换言之，即字的疏密、形状、倾斜、连笔的走向与流畅性，还有一点，笔迹学家已经澄清，此项研究的目的既不是做临床诊断或性格分析，也不是考察对方的专业能力，而是着重关注每一个字里显露出的犯罪学痕迹；尽管如此，笔迹学家痛心疾首地写道，我发现自己面对的是一种无法解决的矛盾，不仅自己化解不了，恐怕永远也无人能解，这个矛盾就是，一方面，我的研究条分缕析，一丝不苟，所有痕迹都显示，这位女作者正是俗称的那种连环杀手；另一方面，我的分析还得出一个无可反驳的结论，但它一定程度上推翻了之前的一点，那就是，千真万确，写信的这个人已经死了。此话不假，而且死亡本人直接证实了这一点：你说得对，笔迹学家先生；这是死亡读完他那篇饱学大作后的原话。没人能想通，既然死得透透的，她怎么还能去杀人呢？又怎么能写信呢？这些谜团也许永远无法解开。

我们一直忙着解释，那致命一刻带走六万两千五百八十个濒死病人之后发生了什么，现在是时候反思一下，各行各业是如何应对风云突变的，包括养老院、医院、保险公司、黑手党和教会，尤其是占这个国家大多数的天主教会，国民普遍相信，如果主耶稣能从头来过，他一定会选这个国家而不是别的地方出生，在这里从头至尾过完他第一段也是至今可知的唯一一段人间生活。从养老院开始讲起，那里的气氛可想而知。这一连串离奇事件刚发生时，我们已经清楚地说明了，养老院的住客不断轮换更新，是这个行业取得经济繁荣的必要条件，因此，死亡的回归，应该是值得院方高兴的，曾有的希望又回来了。电视上宣读那封人尽皆知的来信所引起的震惊刚一过去，养老院管理者们便立即开始结算账单，并确保所有款项无一疏漏。午夜时分，不知多少瓶香槟被打开，来庆祝常态出其不意地归来，乍看之下，这似乎是对他人生命的极度冷漠与蔑视，其实，有这种如释重负的感觉是很正常、很自然的，就像一个人站在紧锁的门前找不到钥匙，突然看到门户大开，洒进万缕阳光。小心谨慎之人也许会提醒说，行事别太张扬，至少不该选择香槟这么吵闹、轻浮的庆祝方式，又是弹瓶塞，又是涌泡沫的，不如低调地来一杯波尔图或马德拉红酒，或是在咖啡里倒一滴白兰地沾点香气，就足够了，但是我们这里的人，众所周知，快乐稍一放纵，灵魂便轻松摆脱身体的束缚，即使再不可原谅的事情，也总是尽量通融。第二天早上，管理者便让家属来领遗体，再叫人给房间通风、换床单，接着召齐全体员工，告诉大家生活继续，恢复正常，然后坐下来，仔细研究了等候入住的名单，从申请者中选出看起来最有回报前景的。由于不尽相同却大致相近的原因，医院管理者以及整个医护行业的情绪也一夜之间由阴转晴。如前文所言，很大一部分患者已经无药可救、病入膏肓，进入了病程末期，这个病理阶段当时已被宣布为永恒状态，把它叫作末期不知是否恰当，医生叫来患者亲属把他们接回家中，还假惺惺地问自己，有谁能比家人更好地照看这些可怜鬼呢，尽管如此，他们中的很多人，无亲无故，也没钱支付养老院索要的膳宿费，只能任人随意摆放，到处堆积，只是病区走廊不能再待了，虽说医院过去、现在、将来一直是功德无量的救助机构，住不下的病人放在走廊也是这个行业的老传统，可是如今，他们被摆放在仓库、角落、屋顶、阁楼，常常一丢就是好几天，不管不顾，无人问津，因为医生、护士说了，这些人状况再糟也不会死的。现在他们死了，从四下里拖出来埋掉，医院的空气变得像大山里一样纯洁、晶莹，还有那标志性的味道，是乙醚、碘酒和消毒水。没人开香槟，但微笑就挂在医院管理层的脸上，那是发自真心的轻松，而男医生又重新燃起了眼神里素有的贪婪，盯着女护士看个没完。总而言之，方方面面，一切恢复正常。我们第三个提到的是保险公司，至今为止，没有太多可说的，因为正如先前所述，人寿保险的条款刚刚经过修改，而现在保险公司还无法弄清，当下的情况到底是对自己有利还是不利。除非有十足的把握，像脚踩在地上一样踏实，他们才会向前迈步，而一旦开拔，他们一定会步步为营，吃透新的保险合同，好给自己创造最大利益。然而，未来属于上帝，没人知道明天会给我们带来什么，所以保险公司仍旧将超过八十岁的投保人算作死亡，至少这只小鸟，是他们稳稳抓在手里的，只是还说不准，明天有没有办法让两只小鸟掉进网里。也有人提出，现在的困境比任何时候更像一面是剑一面是墙，一面是斯库拉一面是卡律布狄斯，一面是十字架一面是圣水缸，趁着现在社会混乱，尘埃未落，不妨把精算出来的死亡界定年龄抬高到八十五岁甚至九十岁。做此修改的理由再清楚不过了，提议者说，大部分人活到那个岁数的时候，都不会有什么亲眷能在需要时照顾他们了，即便有，这些亲眷自己也一把年纪，于事无补了，由于通货膨胀和生活成本增加，退休金实际上严重缩水了，这就免不了常有投保人交不起保费，如此一来，就给了保险公司再好不过的理由认定保险合同失效、作废。这很不人道，有些人反对说。生意就是生意，另一些人回应道。结果怎样我们等等看吧。

此时，另一个正在热烈讨论生意的地方就是黑手党内了。我们毫无保留地承认，之前对该犯罪组织侵蚀殡葬行业的黑色渠道做了过分细致的描述，这或许会让某些读者认为，这些黑手党真是悲惨，都找不到比这更轻松、油水更多的赚钱方法了。其实是有的，而且不止一条，一方面，正如散布在世界各地的同行一样，他们善于平衡，工于谋略，本国的黑手党不囿于当下唾手可得的利益，而是目标长远，放眼于千秋万代，他们的游说之术，已成功劝导很多家庭相信，赐亲人安乐一死善莫大焉；另一方面，他们还有政客的祝福，尽管政客们假装无视、顾左右而言他，黑手党坐拥这些天时地利，其所图谋的是建立对人类死亡与殡葬的绝对垄断，同时负责实时调控，将人口保持在一个对国家而言易于管理的水平，就像我们之前打过的比方，这些人负责将水龙头开开关关，或者用一个技术性更强的说法，他们是监控通量计的。即便在初始阶段无法加速或放慢人口出生，但至少他们有权决定开赴边境的快慢急缓，我们说的不是地理边境，而是永恒的边境。一走进他们的房间，我们就会听到一场辩论，讨论的核心问题是，怎样将死亡回归后闲置的劳动力重新利用起来，投入到利润同等丰厚的活动中去，会议桌上不乏各路建议，一些比另一些更加激进，最终，大家的意见统一到一个历史早已证明行之有效的办法，且无须多么精巧复杂的部署，那就是收保护费。第二天，全国上下，从南到北，每一家殡仪馆都迎来了一对访客登门，大多是两个男的，有时是一男一女，极少情况是两个女的，他们很有礼貌地求见经理，见到经理后，又以极为客气的措辞解释道，贵馆正面临遭到激进分子炸弹袭击或纵火毁灭的威胁，有些非法的公民组织要求将永生权纳入普世人权的范畴，现在他们受了打击，想要发泄怒火，报复的重拳或就砸在了一些无辜的企业身上，仅仅因为是他们将死人带到了最后的居所。我们得到消息，其中一位传话人说道，这些有计划的破坏行动，如果遇到抵抗，可能会极端到杀死殡仪馆老板、经理和他们的家人，不行的话就找一两个员工抵命，就从明天开始，也许就在这个区，也许在别的区；那我能做什么，可怜的家伙颤抖着问道；什么也不能，您什么也做不了，但如果您找我们，我们可以保护您；当然啦，我当然找你们，求求你们了；那是有条件的；什么条件都行，求求你们，保护我吧；第一，不准跟任何人提起此事，您的太太也不行；我还没结婚；那也一样，您的母亲、祖母、姨妈，统统不行；我绝对守口如瓶；最好如此，否则您就有嘴巴永远闭上的风险了；还有别的什么条件吗；只有一条，我们开口要多少，您就付给我们多少；付钱；我们需要组织人手保护您，亲爱的先生，这是有开销的；我理解；只要愿意付钱，叫我们保护全人类都是可以的，时代日新月异，但我们从不放弃这个希望；我懂了；您这么快就懂了，很好嘛；要我付多少钱；都写在这张纸上了；这么多；价格公道；那是按年付还是按月付；按周付；对我的资产来说这太贵了，殡葬行业没那么容易致富的；您觉得您的命值多少钱，我们没要那么多您就认便宜吧；那是自然，我只有一条命；没错，所以我们才建议您小心保护好这条命；我会考虑的，我得跟我的合伙人商量；您有二十四小时考虑时间，一分钟不多一分钟不少，过后此事就与我们无关了，如果发生任何意外，都是您的责任，我们几乎可以肯定地告诉您，第一场事故不会出人命，然后我们会再来跟您谈，但是价格就要翻倍了，到时候没别的办法，只能我们要多少您就给多少，您想象不到，这些要永生权的公民组织多么难以理喻；好嘛，我给钱；请您预付四周的价钱；四周；您这属于紧急服务，我们之前说了，组织人手保护您是有开销的；是付现金还是支票；付现金，只有其他种类、不同金额、不宜直接付款的交易才用支票。经理打开保险箱，点出钞票，一边交给对方一边问道，能否给我开张发票，一张可以保证我受保护的文件；没有发票，也没有保证，有我们的荣誉担保您就该满足了；荣誉；正是，荣誉，您想不到，我们是多么以诚信为荣；如果有什么问题，我怎么找到你们；不用担心，我们会来找您的；我送你们出门；您不用起身，我们认路，过了棺材库房往左拐，是遗容化妆间，穿过走廊，直到前台，临街的大门就在那里；你们不会迷路吧；我们做事向来精准，不会搞得晕头转向，比如说，五周内，就会有人来这儿找您要钱；那我怎么知道是不是你们的人；等您看到他，不会有丝毫怀疑的；再见；再见，不用谢我们。

最后，但并非最不重要的，罗马天主教会有很多理由自鸣得意。从一开始他们就确信，废除死亡必是出自魔鬼的诡计，而没有什么比祷告中的忍耐更有力量，帮助上帝击败魔鬼，为了企及谦逊的美德，他们每日须付出不小的努力与牺牲才能达到，而如今这美德也被暂时丢到一旁，好让他们毫无保留地为自己喝彩，庆贺全国祷告运动取得的非凡成效，记住了，该运动的宗旨，是要祈求天父上帝安排死亡尽快回归，以使可怜的人类不致陷入极度悲惨、恐怖的境地，原话如此。这些祷告花了八个月的时间才上达天庭，一定有人寻思，去火星才需六个月，但不难想象，天堂一定比那儿要远得多，取个整数，距地球应该有一百三十亿光年。然而，教会合情合理的自鸣得意中，仍暗藏着一抹阴影。神学家们争辩不休，莫衷一是，难以解释为什么上帝让死亡回归得如此猝不及防，甚至都来不及施行临终涂油礼，六万两千个濒死病人，便这样无缘于最后一次圣礼，还没反应过来就咽气离世了。上帝到底有没有权柄辖制死亡，还是说死亡其实比上帝更高一等，这些疑惑无声折磨着神职人员的头脑与心灵，而在教会内部，当初宣称上帝与死亡是同一枚硬币两面的大胆论调，已不只被认为是异端，简直就是亵渎神明，罪大恶极。但这只是内部的事情。外人看来，教会真正关心的事情，是参加太后的葬礼。如今，六万两千位平凡的死者已经安歇于最终的居所，不再给城市的交通增乱添堵，是时候将这位众人敬仰的女士，体面地盛棺入殓，安置进王室宗庙。诚如各路报纸所言，历史的这一页翻过去了。

9

　　诸位读者也许是出于当今日渐稀缺的良好教养，加上一种近乎迷信的尊重，相信书面文字可以浸透那些羞怯的心灵，虽然完全有理由表现出不耐烦，却始终没有打断如此冗长、发散的叙述并要求获悉，死亡在那个索命之夜宣布回归之后又都干了些什么。鉴于养老院、医院、保险公司、黑手黨和天主教会在这些史无前例的事件中都扮演着重要角色，理应翔实细致地解说，他们是如何应对危局骤起、风云突变的，除非死亡考虑到短时间内有大量死者需要安葬，于是出乎意料地大发仁慈，决定延迟几天归位，好多给生活一些时间回到旧日的轨道。按理说，有些新死之人，也就是恢复常态之后头几天死掉的，只能跟过去几个月里东一处西一处苟延残喘的可怜人并骨了，然后我们就该谈谈这些新死之人的状况。只是事情并未如此发生，死亡没那么慷慨。头八天里，没有人死去，这一开始给人一种虚假的幻觉，仿佛情况并没有任何改变，然而中止的原因其实很简单，因为现在死亡与终有一死的人类之间有了新的关系准则，就是所有人都会提前收到通知，自己还有一个礼拜的生命好处理事情，留下遗嘱，补缴欠税，并与家人和朋友道别，一个礼拜后，不妨说，就要到期付款。理论上，这是个不错的主意，但实际上则很快显出弊端。试想一个人风华正茂，身强体健，一次头痛都没有过的那种，无论按照处世之道还是实际境遇，都有理由乐观通达，一天早晨出门上班，正好碰到勤劳热情的本区邮递员对他说，还好遇见您了，某某先生，我这儿有您一封信；他随即看到对方手上的紫色信封，也许一时并没有特别在意，因为可能只是无关紧要的广告投递，可信封上明明写着自己的姓名，字迹诡异，跟报纸上影印刊登的那封著名信件一模一样。如果一瞬间心脏被吓得扑通一跳，在劫难逃的不祥预感袭上心头，因而想要拒收此信，这是行不通的，那感觉就仿佛有人轻轻托着他的手肘，扶他走下楼梯，绕过地上的香蕉皮，转过街角并且不被自己绊倒。把信撕碎也无济于事，顾名思义，死亡的来信是无法销毁的，就算点着乙炔喷灯，火力开到最大，也奈何不了它，如果想要小聪明，无辜装作信从手中滑落，也同样会是徒劳，因为信没那么容易甩掉，而是像用胶水粘在手指上一样，并且即使奇迹发生，也一定会立刻出现一位好心人，捡起信，追上那个假装不小心的人，说，我想这封信应该是您的，可能很重要呢；而他只能忧愁地答道，没错，是的，很重要，谢谢费心。不过这种事只会发生在早期，并没有很多人知道死亡用公共邮政系统传信报丧。不出几日，紫色就成了最遭人憎恶的颜色，甚至超过了代表服丧的黑色，这不难理解，我们想想看，戴孝服丧的是活人，又不是死人，虽说死人也大多穿着黑衣下葬。试想那人是何等的局促慌乱、不知所措，正要上班时，半路杀出化身作邮递员的死亡，邮递员从不会按两次门铃，如果没有在路上碰见收信人，只要把信放在住户的邮箱里，或是从下方的门缝塞进去就好了。那人站在路中间呆若木鸡，身强体壮，头脑清晰，哪怕此刻面对这样可怕的打击，也没有头痛片刻，转瞬之间，世界不再属于他，或者他不再属于这世界了，他与世界彼此借给对方八天，一天也不多，他刚刚蛮不情愿地打开紫色信纸，泪水模糊了双眼，几乎无法辨识上面的字迹，信上如此写道：亲爱的先生，很遗憾通知您，您的生命将在一周后结束，该期限不可撤销、不可延长，请妥善利用您剩余的时间，您忠实的，死亡。签名的首字母是小写，我们知道，这在某种程度上证明了，信是其亲笔所书。那个男人迟疑了，刚刚邮递员管他叫某某先生，然后我们也得到证实，所以应该是男性没错，那个男人迟疑了，不知是否该回到家中，告知家人这道无法改变的宣判，或是相反，独自咽下泪水，接着赶去上班，完成等待他的工作，充实度过剩下的每一天，然后便能质问死亡，你哪里胜利了，尽管他明白不会得到答案，因为死亡从不回应，不是不愿回应，只是面对人类最大的痛苦，死亡不知该说什么。

　　街头巷尾的这一幕，只可能发生在一个所有人都互相认识的小国家里，它清楚地揭示出，死亡在终止我们称为生命或存在的临时合约时，所用的通信系统是多么的不便。这可能是一种施虐成性的残忍，就像我们每日习惯看到的那样，然而死亡没有任何残忍的必要，对她而言，取人性命就已经残忍有余了。她当初没有多想，就这么做了。而现在，在长达七个月的停滞后，死亡专注于重新组织起自己的后勤工作，她的耳目无暇顾及那些绝望的哭号，以及男男女女一个接一个得知自己死期将近时的焦虑，某些时候，这种绝望和焦虑造成了与预期截然相反的效果，那些被判行将消亡的人，并没有去处理事务，立下遗嘱，补缴欠税，至于亲近的家人和朋友，则是拖到最后一分钟才与他们道别，显然，这点时间，哪怕只留给多次道别中最悲伤的一次，也是不够的。报界这才发现，对于死亡——又名命运——原来一直知人知面不知心，盛怒之下，纷纷对其口诛笔伐，控告她无情、残酷、暴虐、恶毒、嗜血，是吸血鬼、邪恶帝国的女王、穿裙子的德古拉、全人类的公敌、不忠的女人、杀人犯、叛徒，又有人提到连环杀手这个称呼，甚至还有一家周刊，善于嬉笑怒骂的那种，极尽讽刺挖苦之能事，创造性地想出"狗娘养的女儿"这种称呼。幸好，某些编辑部还是保持了良好的素养。王国里最受尊重的一家元老级报纸刊登了一篇睿智的社论，要求与死亡进行一场开诚布公的对话，毫无保留，本着良心与博爱精神，目的显而易见，旨在发现她的住所、巢穴、老窝。另有一家报纸提议警方调查所有文具店和造纸厂，尤其是购买了紫色信封的人类消费者，这类人即便有，也寥寥无几，鉴于近期的事件，他们也该改变了自己写信时的偏好，所以一旦这位阴险的顾客补充存货，抓到她简直易如反掌。这家报纸仇怨最大的竞争对手立即站出来宣称，这种想法愚蠢透顶，众所周知，死亡是一具披着床单的白骨，只有彻头彻尾的白痴笨蛋才会以为，死亡会下地行走，脚跟骨在石子路上踩得嘎吱作响，亲自去邮局投递信件。电视也不甘落后于纸媒，建议内政部派遣警探监视信箱和邮筒，这显然是忘了，第一封信，就是寄给电视台总台长的那封，是直接出现在他门锁了两道、窗户玻璃纹丝未裂的办公室里的。地板、墙面、天花板上，连一道能插进刮胡刀片的缝隙也找不到。若要劝说死亡对那些遭受宣判的可怜人施以同情，或许不无可能，但这得首先找到死亡，可是没人知道她身在何处。

　　这时有一位法医，对与自己专业直接或间接相关的一切都无所不知，他想到一个主意，就是从国外请来一位著名专家，能根据颅骨复原人的面貌，而这位专家，将根据古代绘画与雕刻中的死亡形象，尤其是直接展现了裸露头骨的作品，来给空缺的地方补上肉，眼眶处填上眼睛，按照比例合理布局头发、睫毛和眉毛，再给脸颊涂上相应的色泽，直到最后一个完美竣工的脑袋出现在他面前，然后可以影印上千份，叫上千位探员藏在皮夹里，随时与眼前出现的女人面孔进行比对。问题在于，等外国专家完成了工作，只有眼力极弱的人才会觉得所选的三具头骨都长得一样，因此，探员们就不得不带着三张而不是一张照片去调查，这无疑给起初雄心勃勃、冠名为"寻猎死亡"的任务加大了难度。唯有一件事情千真万确，即便是最简陋的肖像描画、最复杂的命名方法和最晦涩的象征体系都没有搞错这一点。那就是死亡，就各方面品质、属性、特征而言，都毫无疑问，是一位女性。你一定还记得，那位杰出的笔迹学家在研究了死亡的第一份手稿后也得出了同样的结论，所以他称其为一位女作者而非作者，不过这也可能仅仅出于简单的习惯，因为除了少数某些语言，不知出于什么原因，喜欢用阳性或中性名词表示死亡，此外大部分时候，死亡都是一个阴性人称。虽然前文已有交代，但为了防止有人忘记，还是需要强调一下，这三张年轻女人的面孔，尽管看过的人都会同意，她们有明显的相似之处，但在一定程度上确实各不相同。同时存在三个彼此独立的死亡，她们可以——比如说——轮流工作，这种情形应该不大可信，那么，其中两个必须被排除，虽说，还有一种让事态变得更加复杂的可能，那就是死亡本尊的头骨原型可能与三者中的任何一个都不符。那就像俗话说的，黑暗里放一枪，只等着好运降临，让猎物自己撞上子弹。

别无选择，搜查工作就此展开，检索范围包括官方身份档案机构收集的所有照片，既有本国人，也有外国人，按照长头型和短头型分门别类处理。搜索结果令人失望。其原因显而易见，首先，正如前文所言，因为选作人脸恢复的原型取自古代雕刻和画像，所以不该期许能从刚刚建立一百多年的现代身份管理系统中找到死亡人类化的形象，不过另一方面，鉴于死亡自古有之，又没有明显的理由需要随着时间改变容貌，而且她很难始终在暗地里生活、完成如此多的工作并不露马脚，所以我们完全有理由相信，死亡很可能一直用化名登记上册，我们都得明白，没有什么是死亡做不到的。无论如何，唯一确定的是，尽管调查人员求助了很多信息技术与数据处理的高手，还是找不到哪怕一张女人的相片与死亡的三副虚拟面孔刚好具体吻合。没有别的办法，正如所预见的那样，必要时只能采用经典的搜查方法，施展警察穿针引线的能力，向全国各地派出上千名办案人员，去到每户人家、每家商店、每间办公室、每座工厂、每家饭店、每间酒吧，乃至那些性爱活动频繁的场所，除了年少的和成熟的或者说年老的，所有女性都要一一查过，因为探员随身携带的三张照片都清楚显示，如果能够找到死亡，她会是一个三十六岁左右美貌绝伦的女子。根据模型推演的结果，死亡可能是三个中的任何一个，然而事实上哪一个都不是。办案人员费了九牛二虎之力，走大街串小巷，一里路接着一里路，爬过的台阶加起来都可以通天了，最后终于找到这么两个女人，她们的长相因为做了整容手术而与存档的照片有些差异，但是出于某种诡异的巧合与奇异的偶然，整容手术恰恰强化了她们与头骨复原面容的相似之处。不过，经过细致的笔迹核对，二人的嫌疑被彻底排除了，不可能是她们于某一天或自己闲暇时执行了死神的致命行动，无论身手专业还是业余。至于第三个女人，是在一本家庭相册里找到的，其本人已于去年离世。这个容易排除，一个人不可能同时既是死亡的受害者又是死亡本身。不必多言，在调查进行的几周时间里，仍不断有人家里收到紫色的来信。显然，死亡对人类做出的承诺不会轻易动摇半步。

自然有人会发问，千万国民每天过得心惊肉跳，政府是否就此袖手旁观、坐视不管？答案有两重，是也不是。从相对的角度而言，是的，因为归根结底，死亡是生活中最稀松平常的事情，自亚当、夏娃以来，父一代子一代，延绵不绝，纯属常规，如果每有一位孤苦老人死于破瓦寒窑，政府就要举国发表三天，那不知会给全世界本就脆弱的公共秩序带来多大的扰乱。另一方面也不是，因为一周的等死期已经切实引起了集体恐慌，即便再铁石心肠的人也不会对身边这些俯拾即是的乱象无动于衷，恐慌的不仅是平均每天被噩运敲门的三百人，也包括其余的九百九十九万九千七百人，不多不少，不分年龄、财富、条件，经过一夜梦魇的折磨，他们每天清晨醒来，都看见达摩克利斯之剑系于一发，正悬在自己头顶。至于那收到命运紫色来信的三百人，他们面对残酷宣判的反应，就自然因人而异了。前面提到，有些人的意念被报复心所扭曲，我们不妨用个新词，称其为预死报复，他们决定放弃履行自己的公民义务与家庭责任，不立遗嘱，不缴欠税，除此之外，还有不少人歪曲理解贺拉斯所说的"及时行乐"并付诸实践，将所剩不多的时日尽数挥霍于可耻的聚众淫乱、嗑药酗酒，他们可能在盘算，如此荒淫无度的生活，也许会遭到报应、自取灭亡，或者是人神共愤、天打雷劈，让他们当时当场即刻毙命，这样一来，他们就摆脱了死亡的预言，通过修改既定的剧本戏耍死亡一番。另外一些人则克己禁欲，有尊严，有勇气，他们选择自杀的极端方式，同样是因为相信，这样可以给死神上一课，在塔纳托斯的权势面前展示出公民的风度，过去我们管这叫打人不动手，按照当时人们的真诚信念，在伦理道德战场上的攻击远比任何诉诸拳脚的原始复仇更加令人疼痛。毋庸赘言，所有这些尝试统统宣告失败，除了某些执拗顽固之人，等到预定期限的最后一天才自杀，这真是妙手奇招，死亡无言以对。

实事求是地说，第一个清楚感知到民间人心惶惶、危机重重的是大公使徒罗马教会，因为在我们所生活的这个时代里，缩写字母泛滥于每日公共和私人交流，所以我们不妨将其简写为icar[1]。如果不是双目失明，我们也不难注意到，教堂里总是充斥着内心煎熬的人群，他们去那里寻求一句盼望之言，一通安慰，一抹香膏，一片止痛药，一针精神镇静剂。有些人一直都清

---

1 icar，葡萄牙语中大公使徒罗马教会（igreja católica, apstólica e romana），即天主教会的首字母缩写，原文中作者使用的都是小写。

楚，自己终有一死，逃无可逃，但同时会想，有那么多人要死，若不是天大的霉运，死亡不会光顾自己，如今，这些人整日躲在窗帘后面向外窥探，看看邮递员来了没有，或是每当回家就战栗不安，那封可怕的紫色来信，比张着血盆大口的嗜血猛兽还要恐怖，它或许就盘踞在门后，一开门便会扑将上来。教堂里人流络绎不绝，忧伤懊悔的罪人排成长龙，队伍像工厂流水线一样此消彼长、源源不断，在教堂的中殿里整整绕了两匝。聆听告解的神父一刻不停地工作，有时会因为疲倦而走神，有时又突然被讲述中丑恶的细节惊醒，最后总是走过场般代祷悔罪，不知多少句"我们的天父"，多少句"万福玛利亚"，然后匆匆完成了赦免。忏悔完的信徒告退之后，下一个忏悔者跪下之前，神父会见缝插针地咬一口鸡肉三明治，午餐只有这个了，他们边吃边隐约想象着晚餐，如何大吃一顿以作补偿。所有的布道千篇一律，都在讲死亡是通往天堂的唯一大门，而且没有人是活着进去的，布道者出于安慰会众的迫切，不惜采取一切手段，上自最高级的修辞，下至教义问答中最低级的把戏，只为说服惶惶不可终日的信徒们，无论如何，他们都可以自认为比先人更加幸运，因为死亡给了他们充足的时间准备好自己的灵魂，翘首盼望升天，进入伊甸乐园。不过，某些神父待在难闻、阴暗的告解室里纯属强打精神，上帝知道那是费了多大力气，因为就在当天早上，这些神父也收到了紫色信封，因此，他们有充分的理由怀疑自己当时正在宣讲的快慰良言。

卫生部也毫不怠慢，仿效教会给人的治愈性援助，派出众多心理医生，去帮助那些最绝望的人，而这些医生也遭遇了与神父们同样的境况。经常有这类情形发生：一名心理医生本来在劝导病人，把眼泪哭出来，就是对痛苦、煎熬最好的释放，正当此时，医生自己突然泣不成声，因为想到，明天早上第一拨信件派送出去的时候，自己也许就是同款紫色信封的收件人之一。医生与病人在同一种厄运的怀抱之中，抱头痛哭结束了治疗，而心理医生在想，如果不幸降临，自己仍有八天，一百九十二个小时可活。听说有人在组织淫乱聚会、嗑药、喝酒，来一点或许可以帮助自己过渡到另一个世界，当然也有一定的风险，当你爬上天堂的宝座，或许这些东西会加剧你对今世的眷恋。

10

　　据说，各民族的智慧里都有这种说法，没有什么规则是不含例外的，即便所有人都认为该规则绝对不可改变，事实上总有例外，比如说死亡至高无上的法则，顾名思义，任何荒唐的例外都是不可接受的，然而有一封紫色的信件还真被退回了原处。可能有人会提出反对，这样的事情不可能发生，正因为死亡无处不在，所以居无定所，由此推论，无论是在现实层面还是在理论层面，都不可能定位出我们通常指称的"原处"，按照这里表达的意思，就是信件寄出来的地方。我们不必如此语含猜疑也可以同样反对说，上千名警力已经找了死亡好几个星期，挨家挨户搜遍了全国，仿佛拿着细齿梳子在扫刮一只狡猾难捉的虱子，而现在谁也没见到、谁也没嗅到她，显然至今我们仍无从解释，死亡的信是如何投递的，至于退回的信件通过什么神秘渠道交到死亡手上，那就更不得而知了。我们谦卑地承认，很多事情尚无解释，不光这两件，当然还有很多别的事情，我们坦诚，如果有人要求得到解释，我们无法满足，除非我们滥用读者的信任，忽略事件发展的逻辑，才会在这篇虚构故事与生俱来的不真实之上添加更多的不真实，我们完全理解，那将严重损害故事的可信度，然而这些都不意味着，再说一遍，这些都不意味着，我们所说的那封紫色信件没有成功退回给寄件人。事实就是事实，而这个事实，无论你喜不喜欢，都属于无法改变的那一类。这一事实已经有了最好的明证，因为我们眼前就有一副死亡本人的形象，她正坐在椅子上，裹着尸布，骨质面孔的形态中透着十足的迷惑。她狐疑地端详着紫色信封，左看看，右看看，想找一找上面有没有什么邮递员在类似情况下会做的标注，例如拒绝收信、住址更改、收件人去向不明、归期不定，或是去世了；我真蠢啊，她喃喃道，怎么可能去世呢，要他命的那封信都倒退回来了。她想到这后半句话时本来没太在意，可是突然有所察觉，如梦初醒，又大声重复道：倒退回来。我们不用亲身当过邮递员也可以知道，倒退回来和退还回来不是一码事，因为倒退回来只是说紫色的信没有送达终点，途中某处发生了些什么，于是信就掉头回来，从哪里来回哪里去。毕竟，信没长脚也没长翅膀，人把它送到哪里它就去哪里，而且我们知道，信是无权主动做决定的，但凡可能，我们敢打赌，信会拒绝作为载体无数次将那么可怕的消息带给大家。像我这种消息，死亡公正地承认说，告诉某人会在某年某月某日死去，实在是再糟不过的消息了，仿佛本来在死亡的走廊里排队排得好好的，还有若干个年头的等待，突然狱卒上前来告诉你，这是你的信，做好准备吧。最诡异的地方在于，最近一次投递的其余信函都悉数交付给收件人了，而这封没有成功，只可能是因为出了什么意外，正如以前也有过这样的事例，一封情书花了五年才送到收件人手上，而收件人就住在两个街区以外，步行不到十五分钟的距离，只有上帝知道最后是个什么结果，同样，这封信也可能从一条传送带滑到了另一条传送带上，没有人注意，然后就回到了起点，就像在沙漠里迷路的人，除了自己身后的一道轨迹，没有别的路径可以相信。解决的办法就是再寄一次，死亡对一旁靠在白墙上的长柄镰刀说。她没等镰刀回答，镰刀也没有破例开口。死亡接着说下去，如果我当初委派的是你，按照你快刀斩乱麻的风格，这种问题早就搞定了，但是这些年来时代改变了很多，我们必须与时俱进，跟上最新的技术，比如使用电子邮件，我听说这是最干净的方式，不会留下墨迹或是指纹，而且速度很快，一个人打开微软的邮箱，瞬间就发送出去了，不方便的地方可能在于，我得处理两堆分开的档案，一边是用电脑的人，一边是不用电脑的人，无论如何，我们还有很多的时间可以做决定，新的模式、新的设计不断涌现，科技也是日臻完善，没准儿有一天我会决心去试试，但现在我还是会继续使用笔、纸、墨来书写，这里面有股传统的魅力，而传统对于死亡这种事来说非常重要。死亡凝视着紫色信封，右手一挥，信便消失了。这跟很多人想象的相反，我们由此可知，死亡并不去邮局投信。

桌上有一份名单，上面有二百九十八个名字，比往常的均数要少一些，一百五十二个男的，一百四十六个女的，桌上还有同等数量的紫色信封和信纸准备就绪，等待着接下来的寄送操作，或者叫邮递死亡。死亡在名单后面加上了退回信件者的姓名，打上下画线，将笔插回了笔架。如果死亡也有神经，我们不妨说，此刻她有些许兴奋，而且不是无缘无故的。她已活过太久的年岁，不能把退信事件当作无足轻重的一幕。只要稍微有点想象力，就不难理解，死亡的工作岗位也许是所有职业中最单调最无聊的，自从由于上帝一人的过错，该隐杀死亚伯以来[1]，始终如此。这场不幸的事件早在创世之初便证明了家庭生活的困难，从那以后直到如今，千百年后又千百年，死亡还是那么回事，一成不变，千篇一律，无休无止，更迭不息，从生命转入非生命，不同的只是多种形式，而归根结底，永远不变的是死亡本身，因为死的结果永远不变。事实上，从来没有谁注定要死的却没死掉。而眼下不同寻常的地方在于，一封死亡亲笔签署的通知书，一封宣告某人死期将至、不可撤销、不可延长的通知书，竟然被退回了原处，退回到这个冰冷的房间，信的作者和签署者就坐在这屋里，裹着她那块阴郁的

---

1 《圣经·创世记》第四章中记载，亚当和夏娃的孩子该隐，由于嫉妒兄弟亚伯的献祭被上帝悦纳而杀死了亚伯，这是创世以来第一宗杀人案。

尸布，从古到今不变的行头，头上罩着兜帽，一边思索着这件事情，一边用她手指上的骨头或是骨头上的手指敲打着桌面。让死亡自己略感吃惊的是，她希望信能再次被退回，而且信封上还注有收件人去向不明一类的标记，因为这绝对会是一个不小的意外，死亡总是能找到你我藏身之所的，如果我们曾以为自己可以逃过她的耳目，那就天真了。但是死亡并不认为信封背面会写上什么收件人去向不明，她这里的档案都是自动即时更新的，我们每做一个手势，每摆一个动作，每走一步路，每搬一次家，每变一次身份，每换一份工作，每改一个习惯，抽烟还是不抽烟，吃得是多是少还是什么都没吃，是活跃还是懒散，头有没有痛，肚子有没有疼，便秘还是拉稀，是掉头发还是得了癌症，是，或者否，或者也许，只消拉开她那按字母排序的档案柜大抽屉，找到对应的档案卡，什么都写在上面了。如果正当我们阅读自己个人档案的时候，突然看见上面写道，"一阵惊恐焦虑突然吓呆了我们"，可不要因此大惊小怪。死亡了解我们的一切，也许正因为如此，她才那般哀伤。如果她真的从来不微笑，那只是因为她没有双唇，而与很多活人所认为的相反，这一解剖学事实告诉我们，微笑和牙齿无关。有人说死亡是用绳扣在脸上系着一副永远不变的微笑，他们这样的幽默更多是出于恶趣味而非心理阴暗，然而事实并非如此，她脸上其实是一副痛苦的表情，因为她一直记着嘴巴还在的时光，而嘴巴记着舌头，舌头记着唾液，这些回忆追着她，永远挥之不去。她轻轻叹了口气，扯过一张纸来，开始写今天的第一封信：亲爱的女士，很遗憾通知您，您的生命将在一周后结束，该期限不可撤销、不可延长，请妥善利用您剩余的时间，您忠实的仆人，死亡。二百九十八张信纸，二百九十八个信封，二百九十八个名字从名单上画去，我们也许都不能说这是一份杀人的工作，但干到最后，死亡的确是精疲力竭了。她照我们已经知道的那样挥了挥右手，二百九十八封信便消失不见了，然后她将两只瘦骨嶙峋的手臂交叉搭在桌上，脑袋枕在上面，不是为了睡觉，因为死亡从不睡觉，仅仅是休息。半小时后，她从疲惫中恢复过来，抬起头，先前那封退回原处又再次寄出的信重新摆在了那里，摆在她错愕、空洞的眼眶前。

如果死亡曾经盼望有惊喜降临，好让她在日复一日的沉闷中得以分心，那么现在她算如愿以偿了。惊喜这就来了，而且是最棒的那种。第一次退信还有可能是出于途中一次纯粹的意外，一个轮子滑出了轨道，或是润滑系统出了什么问题，或是一封特快专递急着送达，于是加塞插到了前面，总之，是这类出乎意料的事情发生在了机器内部，就像发生在人体内部一样，再精确的计算也会失准。现在，第二次退信可就截然不同了，显而易见，信函在本该送达收件人住址的途中遇到了一个障碍，信件一触障碍便即刻反弹，倒退回来。第一次的时候，信在寄出的第二天才被退回，由此尚可假设，邮递员找不到收件人，却并没有将信留在邮箱里或是从下方门缝塞进去，而是送还给寄件人，只是忘了说明退信的理由。这里面有太多的假设，但不失为对事件一个不错的解释。可是现在完全不同了。这封信从出去到回来，用时不超过半个钟头，有可能更短，死亡本来将头枕在坚硬的前臂上休息，尺骨和桡骨交叉在一起就是供人休息的，死亡刚抬起头来，信已经摆在桌上了。仿佛有一股陌生、神秘、不可理解的力量在阻止这个人死去，虽说他和所有人一样，出生的时候死期就已经板上钉钉了。这不可能，死亡对一旁静默的长柄镰刀说，这个世界上或这个世界以外，从来没有谁比我的权力更大，我是死亡，其他的都微不足道。她从椅子上站起来，走到档案柜前，找出嫌疑人的名簿回去坐下。毫无疑问，名字和信封上写的一样，住址也对，职业是大提琴手，婚姻状况空白，意思是未婚，非鳏寡也非离异，因为死亡的档案里从来不显示单身，你想想看，一个孩子刚刚出生，填写档案卡时，职业肯定不写，因为孩子还不知道自己要做什么，但是将新生的婴儿登记为单身，那是多么愚蠢可笑。至于死亡手中的档案卡所记录的年龄，上面显示，这个大提琴演奏家今年四十九岁。好吧，如果还需要一个证据来证明死亡档案的完美运行，此时此刻我们看到，零点一秒之内，甚至更短，就在我们不轻信盲从的双眼前，数字四十九被替换成五十。今天是这张档案卡主人大提琴演奏家的生日，应该送给他鲜花，而不是一纸八天后去世的通知。死亡再次站起身来，在房间里绕了几圈，有两次走到镰刀边停下，张嘴对它说话，询问它的意见，给它一个指令，或者仅仅是告诉它自己感觉很困惑，不知所措，我们想想看，这没什么奇怪的，在那么久的岁月里，直到今天，作为至高无上的牧人，她在这个岗位上还从没遇到过人类牧群的半点抵抗。这一刻，死亡有种不祥的预感，感觉这个事故可能比当初看起来要严重得多。她在桌前坐下，开始从后向前查看过去八天的死亡名单。在第一份也就是昨天的名单上，她并没有如愿找到大提琴手的名字。她接着翻页，再翻页，一页，一页，又一页，再一页，直到第八份名单，才找到他的名字。一开始她想错了，以为那人的名字在昨天的名单上，而现在她发现，这是桩前所未有的丑闻，某人应该已经死去两天了，可现在仍然活着。这还不是最主要的。这个见鬼的大提琴手，一出生便注定英年早逝，人生只有四十九个春秋，结果却刚刚可耻地凑满了五十岁寿辰，这样一来，威严扫地的是命运、劫数、运气、占星术、天命，还有其他一切势力，这些势力不择手段，致力于阻挠我们人性中最大的愿望，就是活下去。的的确确，威严扫地。既然史无前例的差错已经酿成，任何守则章程都没有预见到这种情况，现在我该怎样纠正回来呢，死亡自问道，尤其这人四十九岁时就该死掉，却没有死，现在已经五十岁了。可怜的死亡此刻困惑又茫然，差点就要痛苦到用脑袋撞墙了。连续活动了千百个世纪，从来没有出现过一次操作失误，可现在，就在她刚刚引进点新花样的当口，在她对终有一死的人类与其唯一、真实死因之间的传统关系稍做修改时，她勤勤恳恳挣下来的名声，结果遭受了最惨重的打击。怎么办呢，她问道，想想看，他该死的时候没有死，这一事实已经将他置于我的管辖之外，我该怎么解决这个难题呢？她瞅瞅那把镰刀，那么多次冒险与屠杀都有它相随，可是镰刀向来装聋作哑，从不吱声，现在更是漠视一切，仿佛它已经厌弃了这个世界，将磨损、锈蚀的刀刃靠在白墙上静养安歇。就在这时，死亡突然想到个了不起的主意，俗话说，再一再二不再三，事不过三，这是上帝定下的数，我们就来看看是不是果真如此。她摆了摆右手，那封退回两次的信又消失不见了。信在外面待了不到两分钟就回来了。回到原处，就在那儿搁着。邮递员没有把它塞到门下，也没有按响门铃，它就回来了。

显然，我们无须为死亡感到抱歉。我们抱怨过死亡无数次，而且次次理由充分，所以现在我们可以允许自己对她抱有些许怜悯，虽说怜悯这种感情是她从未善良到对我们显露半分的，她也比谁都清楚，自己不由分说带人上路时，我们有多么气恼她的固执。不过，至少有那么片刻，我们眼前看到的更像是一尊悲伤的雕像，而不是像某些眼力尖锐的临终病人所描述的那样，死亡是个阴森的身影，在人生的最后时刻她出现在我们床前，做了一个和发信时类似的手势，只是恰恰相反，手势的意思不是到那儿去，而是到这儿来。不知出于什么奇怪的视觉现象，或真实或虚幻，死亡现在看上去小了很多，仿佛骨架全都收缩了，又或许她一直如此，只是恐惧之中我们的眼睛睁得很大，就把她看成了庞然巨物。可怜的死亡。我们真想走过去，一只手扶在她坚硬的肩膀上，凑到她耳边，准确地说，是她曾经长着耳朵的位置，顶骨下方，说上几句同情的话。别烦恼，死亡女士，这种事情常有，比如说我们人类，活在世上，经历过许多气馁、挫折和失望，您看，我们也没有因此轻言放弃，想想古时候，您常常在我们壮年之时取人性命，并丝毫不感痛惜，想想现如今，您还是一样铁石心肠，继续对那些衣不蔽体、食不果腹的人行着同样的事，大概我们就是在走着瞧，看谁先倦了，是您还是我们，我理解您的不快，头一回吃败仗是最难接受的，之后我们就习惯了，不管怎样，我想跟您说，但愿这不是最后一回，您可别当我有恶意，这也不是为了报复，如果这就是报复，也未免太蹩脚了点，就像对马上要砍自己脑袋的刽子手吐舌头一样，不过说实话，我们人类对要砍自己脑袋的刽子手除了吐舌头，其他还真做不了什么，正因为如此，我十分好奇您会如何从眼下的麻烦里脱身，这封信去了又回，大提琴手也不可能死于四十九岁了，因为他已然年满五十岁。死亡做了个不耐烦的手势，推开肩膀上我们友爱的手掌，从椅子上站起身来。现在，她看上去更高、块头更大了，俨然一副死亡女神的仪容，她能叫脚下的土地颤抖，每走一步，尸布在身后都能卷起一股烟尘。死亡发怒了。我们也是时候对她吐舌头了。

11

　　我们之前提到过那些眼力尖锐的临终病人，他们在自己床头瞥见的死亡，都是一副披着白布的经典鬼魂扮相，或者是像普鲁斯特看到的那样，死亡是个一身黑衣的胖女人，总之，除了少数情况下，死亡都是谨慎低调的，她不愿意别人注意到自己的存在，尤其是情况所迫不得不出门上街的时候。正如有些人常常爱说的那样，人们普遍相信，死亡是硬币的一面，另一面是上帝，所以她也和上帝一样，本质上都是不可见的。其实非也。我们作为忠实可靠的证人可以做证，死亡是一具裹着布单的骷髅，住在一个冰冷的房间里，身旁有一把老旧、生锈的长柄镰刀，从来不回答她的问题，她的四周是粉刷的白墙，沿墙摆放了几十个档案柜，柜子间夹杂着蜘蛛网，柜中一个个大抽屉里满满码放着档案卡。这就不难理解，死亡为什么不愿以本来面目示人，一是因为她个人自知美丑，二是为了避免有不幸的路人一转过街角撞见那对空空的大眼眶吓死过去。没错，在公共场合，死亡是化作隐身的，但在私下里，等到关键时刻，她可就不是如此了，这一点，马塞尔·普鲁斯特和那些眼力尖锐的临终病人都可以做证。而上帝跟她就不一样了。不管他怎样努力，都无法让人亲眼看到他，这不是因为上帝能力不够，毕竟他是无所不能的，仅仅是因为，他不知该戴上怎样一副面孔出现在据说是他创造的生灵面前，很有可能他都不认得他们，或者更糟，他们认不得他。有人会说，上帝不向我们显现是我们的天大的幸运，因为与上帝显露真容引起的惊骇相比，我们对死亡的恐惧不过是小儿科的玩笑罢了。无论如何，关于上帝和死亡，所有的说法都只不过是故事，这里讲的也只是又一个故事。

　　不管怎样，死亡决定到城里去。她解下那块布来，那是她唯一穿在身上的衣服，小心叠好，挂在椅背上，就是之前我们一直看她坐的那把椅子。如果不算这把椅子和那张桌子，不算档案柜和镰刀，房间里别的什么也没有，除了那扇不知通向何处的窄门。显然那是唯一的出口，如果我们以为，死亡就是从那儿走到城里去的，这样想完全合情合理，可事实并非如此。没了尸布，死亡又显得没那么高了，按照人类的丈量单位，她顶多也就一米六六或者一米六七，而且她此刻赤身露体，一丝不挂，看上去就更加瘦小了，像是一具青春期的小骷髅。我们当初自作多情，出于怜悯想去安慰沮丧的死亡，结果她粗暴地从肩上推开我们的手，没人敢说，那个死亡和眼前看到的是同一个人。的确，世界上没有什么比一具骷髅更为赤裸了。活着的时候，它有两层穿戴，第一层是覆盖在骨头上的肉，然后是肉喜欢披挂的衣服，除了洗澡或是做更快活的事情，一般不会脱下来。实话实说，她就像一堆拆了一半的房梁骨架，很久以前存在过，如今不复存在，只有消失的份儿了。消失，这恰恰是她从头到脚正在经历的事。我们的双眼会惊异地看见，那堆骨头逐渐变得残缺、脆弱，轮廓一点点磨去，固态化成了气态，如一团轻薄的云雾四散开去，仿佛骷髅蒸发掉了似的，现在只剩下一幅模糊的草图，透过它能直接看到那把无动于衷的镰刀，突然之间，死亡没了，不复存在了，或者存在，只是我们看不见，又或者，她只是穿过了地下室的屋顶，穿过上方那片体积巨大的土地，走掉了，其实在她内心深处，那封紫色的信第三次退回来的时候，她已经决意要去了。她不会杀了大提琴手，但想会会他，亲眼看看他，趁他不注意摸摸他。她胸有成竹，自己早晚有一天能找到办法除掉他而不用破坏太多的规矩，但她会弄清楚，这个男的究竟是什么人，连死亡通知书都找不着他，他到底有何能耐，还是说，他只是个天真的傻瓜，一天天活下去却从未想到，自己早就该死了。这个冰冷的房间没有窗户，只有一扇不知何用的窄门，关在这里面，我们都没注意到时间过得有多快。现在是凌晨三点整，死亡应该已经到了大提琴手的家。

就是这样。最让死亡心力交瘁的一件事情，是发生在每个角落的每件事情都同时呈现在她眼前，而她不想去看的时候，得在自己身上下很大功夫。在这个方面，她又和上帝很相似。我们想想看。尽管人类在现实中感官体验容量有限，但是我们从小就习惯认为，上帝和死亡这类超然存在是同一时刻处于所有地方的，也就是无所不在，跟很多别的词汇一样，这个词也是拉丁文和希腊文的混合[1]。然而事实上，当我们这么想或这么说的时候，词句脱口而出当然轻巧，因此，我们很可能并不真正清楚这意味着什么。上帝无处不在，死亡处处都在，这么说很容易，但是我们似乎没有意识到，如果他们真的无处不在，那么没办法，所处无限空间里发生的一切，他们统统看得见。对于上帝，同时存在于整个宇宙本就是他的本职工作，不然的话，他就没有必要创造宇宙了，因此，我们不要抱着荒唐的幻想，指望他特别有兴趣关注地球这颗小小行星上的事情，而且也许从来没有人想过，上帝可能管地球叫一个完全不同的名字，但是死亡，这个我们前面几页提到的死亡，她独独和人类是紧密关联、不可分割的，她的眼神一刻也没离开过我们，以至于那些还没死到临头的人都常常能感受到她追逐的目光。由此我们可以想见，在我们共通的历史当中，有那么几次，出于这样或那样的原因，死亡不得不把自己的感知能力降低到

1　葡萄牙语中"无所不在（omnipresente）"一词，由拉丁词根omni-和希腊词根-presente组成。

人类的水平，也就是一次只能看一样东西，一次只能在一个地方，为此她得付出多么艰巨的努力。放到今天的具体情况下，没有比这能更好地解释，为什么死亡还没能穿过大提琴手家里的门厅。她每走一步，这里我们说"步"仅仅是为了辅助读者的想象，不是因为她移动起来真的像有腿有脚一样，每走一步，死亡都得努力克制住内在天生的扩散倾向，那具不稳定的身体好不容易整合在一起，一旦放任自由，就会立刻炸开，烟消云散。没有收到紫色来信的大提琴手所居住的公寓，按分类属于中产型，更适合没怎么见过世面的小资产阶级而不是欧忒耳珀[1]的门徒。一进门是个走廊，黑暗中隐约可以看见五扇门，走廊尽头有一扇，为了不回头赘述，这里先交代一下，那是厕所的门，走廊两边各有两扇门。死亡决定从走廊左边的第一间开始侦察，门后是个小小的饭厅，看起来没怎么用过，与它相通的是一个面积更小的厨房，配备有最基本的设施。从那儿回到走廊，正对着一扇门，死亡不用伸手就知道它已停止使用，就是说，门没开也没关，这个讲法显然有违常理，如果我们说一扇门没开也没关，那只可能是一扇锁住了打不开的门，或者按我们通常的讲法，这扇门封死了。当然，死亡本是可以穿门而过的，门后有什么也可以一并穿过，但是，虽说肉眼凡胎仍然看不见她，可她毕竟花了那么大力气才把自己差不多聚

---

1 欧忒耳珀，希腊神话中的缪斯女神之一，主管音乐和抒情诗。

拢成一个人形，尽管如我们之前所言，还没达到有腿有脚的程度，但还是不能铤而走险、自我放松，四散消融于门内的木头里或是那肯定摆放在门后的衣柜中。死亡沿着走廊往前走，经由自己右手第一扇门走进音乐室，除了音乐室，应该也想不出别的名字来称呼家里的这一区域了，这里有架打开的钢琴、一把大提琴、一个谱架，架上的谱子是罗伯特·舒曼的七十三号作品，幻想曲三章，死亡还能看见字，这多亏了外面昏暗的路灯，橘黄的灯光透过两扇窗户照进来，反射在四下散落的活页乐谱和屋内高高的书架上，书架上的文学书籍看起来与音乐相处甚欢，十分和谐，话说这和谐原本是阿瑞斯和阿芙洛狄忒的女儿[1]，在今天是弦乐应和的学问。死亡抚摩过大提琴的琴弦，指尖轻柔滑过钢琴的琴键，但只有她能在器乐声外分辨出那个声音，先是一阵长长的低吟，接着似一声短促的鸟鸣，这两者人耳很难听到，但对于长久工于解读叹息之声的她来说，简直清晰而分明。就在那儿，隔壁房间，睡着那个人。门开着，尽管屋内比音乐室更黑更暗，但仍然可以看见一张床和一个躺着的人形。死亡走上前去，跨过门槛，但又停住了，犹疑不决，因为她感觉屋里有两个活人。虽说死亡没有亲身体验过人生，但还算是熟谙世事，她觉得那个男人是有伴的，他的身旁正睡着一个人，一个还没被发过紫色信件的人，在这间房子里，他

---

1 在希腊神话中，哈耳摩尼亚（Harmonia）是代表和谐、协调的女神，她是战神阿瑞斯与爱和美女神阿芙洛狄忒所生的女儿。

们二人同享枕稳衾温。死亡凑得更近一些，如果说她真的可以蹭到什么的话，几乎蹭到了床头柜，她看清了，那男的是独自一人。但是，床另一侧的毯子上有什么东西蜷成一团，好像一个线球，那是一条睡着的狗，中等大小，毛色深沉，很有可能是黑色。在死亡的记忆里，这是她第一次惊讶地意识到，自己只负责人类的死亡，她那把长柄镰刀所象征的权力够不到这只动物，哪怕一根毫毛也动不了，如果它的死亡，也就是另一个负责动物、植物等其他生物的死亡，也像她一样选择消失，那么这只睡着的狗也会长生不死，就看能维持多久了，这会是个不错的由头，让某人在另一本书的开头写道：第二天，没有狗死去。那个男人动了一下，可能是在做梦，可能仍在演奏舒曼的三章乐谱，却拉错了一个音，大提琴和钢琴不一样，每个音在钢琴上都对应着一个琴键，有自己固定的位置，而大提琴却将所有的音阶散布在长长的琴弦沿线，需要人去摸索、固定每一个音，然后对准位置，以合适的角度、合适的力道拉动琴弓，所以睡着的时候拉错一两个音，简直再正常不过了。死亡倾身向前，好更清楚地观察那个男人的脸，这时候，她的脑中突然闪过一个天才至极的想法，她柜子里的档案卡上也应该放上卡片所属人的照片，不是随便贴张照片就可以，而是非常高科技的那种，就像所有人的资料在各自的档案卡上即时自动更新一样，他们的照片也会随着时间推移而改变，从母亲怀里粉红发皱的婴孩直到当时当日，以防有人疑问，今天的我们还是不是过去的我们，或者我们怎么知道不是某个神灯里的精灵每个时辰都将我们替换成另一个人。那个男人又动了一下，看起来快要醒了，但他没醒，呼吸又恢复到正常的节奏，一分钟十三次，他的左手搭在心脏上，仿佛在听自己的心跳，心脏舒张是个高音，心脏收缩是个低音，同时右手掌心向上，手指微弯，像是等着另一只手来牵。男子看起来比五十岁更苍老，也许那不是苍老，只是疲倦，或者忧伤，但这只有等到他睁开眼我们才能知道了。他的头发脱落了一些，所剩的也多已斑白。长相普普通通，不难看也不好看。我们就这样看着他，仰面躺在床上，掀开的被子下露出条纹睡衣，没人能想到，他是城里某交响乐团的首席大提琴手，他的人生在五线谱奇妙的线条之间游走，也许是在探寻音乐深处的那颗心，休止，发声，收缩，舒张。死亡对国家通信系统的无效仍然心怀不满，只是也没有来时那般怒气冲冲了，她看着那张熟睡的脸庞，隐约想到，这个男人早该死了，这轻柔的呼吸声，吸气，呼气，早该中断了，他左手捂着的心脏早该停止、清空，永远停留在最后一次收缩。她来就是为了看看这个男人，现在已经看过了，他的身上没有任何特殊之处能够解释，为什么紫色的信被退回来三次，做完这些，现在最好的选择就是回到那间冰冷的地下室，想个办法一次性解决这桩见鬼的意外，那位大提琴锯木工居然还成了命运的幸存者。死亡用这两对攻击性的词语，见鬼的意外，大提琴锯木工，为的就是刺激自己已然减弱的愤慨，但是效果并不理想。这个睡着的男人对于紫色信件的事情并不负有任何责任，他无论如何也没想到，现在的生命本该不再属于自己了，如果一切按部就班地进行，他应该至少已经下葬八天了，那条黑狗或许此刻正疯了似的在城里乱跑，寻找主人，或是不吃不喝，坐在大楼的入口处等着他回来。一瞬间，死亡释放了自我，膨胀四散，穿墙过屋，占满了整个房间，甚至像流体一样溢到了隔壁，在那儿，她的一部分定睛看了看一把椅子上打开的乐谱本，那是约翰·塞巴斯蒂安·巴赫作于科腾的D大调第六号组曲，第一千零一十二号作品，一个人不需要学过音乐都知道，它就像贝多芬的第九交响曲一样，曲调里充满了欢乐、人类的团结、友谊和爱。然后，发生了不可思议的一幕，死亡双膝跪地，现在她又重新聚拢了整个身体，所以有了膝盖、腿、脚、胳膊和手，还有一张脸，遮挡在双手后面，肩膀不知出于什么原因在抖动，她不可能是哭了，向来都是她所过之处留下一行泪痕，却从未有一滴眼泪是她自己的，我们不能指望这样一位还会哭。她就在那儿待着，既非可见，也非不可见，不是骷髅，也不是女人，她像一阵风似的一跃而起，进入卧室。那个男人没有动弹。死亡想，在这儿我已经没什么可做的了，我要走了，来这么一趟，只看到一个男人和一只狗在睡觉，真是不太值当，他们俩没准儿正在梦见对方，男人梦着狗，狗梦着男人，狗梦见已是早晨，它的脑袋就枕在男人脑袋的边上，男人梦见已是早晨，他的左臂正环绕着狗温暖、柔软的身躯，将它紧紧抱在怀里。那扇本来对着走廊开的门被衣柜抵着，衣柜的旁边有一张小沙发，死亡走过去坐下。这不是出于本意，但她走过去坐了下来，就坐在那个角落里，也许是因为想起了这个钟点的地下档案室有多么寒冷。她的目光正好和男人脑袋的高度平齐，模糊的橙色灯光透进窗内作为背景，男人的身形轮廓清晰可见，她跟自己再次强调，没有任何说得通的理由逗留下去，但是她又立马争辩道，不，理由是有的，而且很有力，因为这座城市、这个国家、整个世界上，只有这间屋子里住着一个正在违反自然铁律的人，无论活着还是死去，向来都是自然强加于人，它没问过你想不想活，也从不问你想不想死。这个男人死了，她想道，所有注定要死的人都已经死了，只消我手指轻轻一弹，或是寄出一封无法拒收的紫色信函。这个男人没死，她想，过几个小时他就会醒来，和以往每天一样起床，打开院门，放狗出去排泄一下身体里的存货，然后吃早饭，去厕所里放松、洗澡、刮胡子，也许他会带着狗一起去街角的售报亭买报纸，也许他会在谱架前坐下把舒曼的三章乐曲再演奏一遍，也许他之后会思考死亡，因为所有的人类都必然会做此思考，但是他并不知道，现在自己似乎永远不会死了，因为这位死亡正注视着他，却不知怎样才能将他杀死。男子换了个姿势，背对着把门堵死的衣柜，右臂自然向狗那一侧滑去。一分钟后，他醒来了。他渴了。他打开床头柜上的台灯，坐起身来，双脚套上总是被狗压在脑袋下的拖鞋，往厨房走去。死亡跟在他后面。男子倒了一杯水喝下。这时狗也出现了，它来到正对着院子的门边，在水盆里饮水解渴，然后抬起头看着主人。你想出去了，肯定的，大提琴手说。他把门打开，一直等到狗回来。杯子里还剩了一点水。死亡看着那水，拼命想象渴了是种什么感觉，但没想出来。即便放到从前在沙漠里别人渴死的时候，她也不会想出来的，何况当时她想都没想过。狗摇着尾巴回来了。我们再睡会儿吧，男子说。他们回到卧室里，狗转了两圈，蜷成一团躺下。男的把被子拉到颈边，咳了两声，不一会儿就睡着了。死亡坐在角落里自己看着。过了很久，狗从毯子上站起来，跳到沙发上。死亡生平第一次体会到，怀里有只狗是什么感觉。

12

人的一生中，谁都难免有脆弱的时候，如果今天能够幸免，那么明天一定难逃。就像阿喀琉斯的青铜胸甲下面跳动着一颗情感丰富的心，我们只需想想，阿伽门农抢走了他心爱的女俘布里塞伊斯，这位英雄十年里经受了怎样的妒火煎熬，后来当他的挚友帕特洛克洛斯被赫克托耳所杀，他又是带着何等暴烈的一腔怒火回到战场，吼声震天地斩杀特洛伊人，同样，即便是有史以来最坚不可破的铠甲，保证永远都坚固如初直到天荒地老，这里指的是死亡的骨架，终究还是免不了这种可能，某一天，有什么东西貌似随意地经过，在那具丑陋的骸骨下撩动了凡心，它可以是大提琴一声轻柔的和弦，是钢琴一声简单的震颤，或者仅仅是看了一眼椅子上打开的乐谱本，就足以叫你记起那个自己拒绝去想的东西，那个自己从未经历过也无论如何永远不会经历的东西，除非，你冷眼旁观了那个睡着的大提琴手，那个你没能杀死的男人，因为等你找到他时，一切都为时已晚，你也看到了那只蜷缩在毯子上的狗，但即便这个畜生你也奈它不何，因为你不是它的死亡，在卧室里微热的黑暗之中，那两个熟睡的生命对你毫无知觉，他们唯一的作用就是在你的意识里加重失败感的压迫。你习惯了自己能他人所不能，可是在他俩身上，你看到了自己的无能，你束手束脚，即便得到许可，能像007那样杀人不眨眼，但在那间屋子里也百无一用，承认吧，作为死亡，你还从未受过这等羞辱。于是，你离开了卧室进入音乐室，在约翰·塞巴斯蒂安·巴赫的第六号大提琴组曲前跪下，当时你的肩膀迅速抖动着，在人类身上，这样的动作通常伴有抽泣，这时，你坚硬的膝盖已扎入坚硬的地板，你的愤怒如一团稀薄的雾气般忽然间消散，有时，你不想完全隐身不见的时候，就会化作那样一团薄雾。然后你又回到卧室，大提琴手去厨房喝水，给狗开门，你都一路跟着他，先前你只看到他躺着睡觉，此刻你见到他醒来起身的样子，或许是由于睡衣上的竖直条纹带来的视力错觉，他看起来比你还要高大，但那不可能，一定是眼睛看错了，一定是视角问题导致的扭曲，事实的逻辑告诉我们，你，死亡，才是最大的，比任何东西都大，比我们谁都要大。又或许，你并不总是最大的，也许世界上发生的事情只能解释为时机使然，比如说，如果这位音乐家睡着了，那迷人的月光便是白白走过夜空，而那月光他从童年时便认得，没错，时机，因为当你回到卧室、去沙发上坐下的时候，你还是一个身材瘦小的死亡，狗从毯子上站起来，跳到你小女孩一般的胸怀里，那时的你变得更加娇小了，当时你有了一个很唯美的想法，你想到有一天死亡，不是你，另一位死亡会来熄灭那柔和的动物体热，扑灭它的炭火，谁能料到你会有这样的想法呢，你现在所处的这间屋子里有北极和南极一般的严寒，而你早已适应了，把你召唤到这里的是你那份凶险的职责，就是杀死那个男人，他睡着的时候脸上仿佛还挂着一副苦笑，一副从未和真正的人类伴侣同床共枕的苦笑，他和他的狗互相约定要梦到彼此，狗梦到男的，男的梦到狗，这个男人会在夜里起来，穿着条纹睡衣去厨房喝水，虽说显然上床时就端一杯水到卧室里更加方便，但他不这么做，他情愿在夜里溜达一小段经过走廊去到厨房，夜里万籁寂静，四下无声，而他的狗总是跟在他后面，有时会要求到院子里去，有时不会；这个男人必须死，你说。

　　死亡又变成了一具裹着尸布的骷髅，兜帽略微垂到脸前，正好可以遮住最恐怖的颅骨，但是如果真的担心吓到别人，其实不必那么小心，因为这里找不到第二个人可以被这阴森的场景吓到，何况一眼望去，只有手指和脚尖的骨头会露在外面，她的双脚安放在板石地上，对地面冰凉的寒意毫无知觉，她的手似锉刀一般，一页页翻阅着死亡的历史法令全集，从最早的一条诫命开始，只有简简单单四个字，汝必杀人，直到最近期的附录、补遗，至今已知的千百种死法都汇编其中，而这份死法的清单，可以说是无穷无尽的。对于查阅得到的否定答案，死亡并不惊讶，这部书为全人类的每一个成员都定下了一个句号，一场结局，一纸宣判，一种死亡，如果在这样一部书里出现诸如"生命"或"生活"，"我活着"或"我将活着"之类的字眼，其实都算不协调而且不必要。书里只有死亡的位置，绝对容不下"有人成功逃过死亡"这样荒诞的讲法。这类话从来没有。也许，苦心寻觅之下，我们会在某个多余的脚注里找到一处，最多一处，使用了"我活过"这样的动词时态，但是如此费时费力的检索，从来没有人认真尝试过，所以不妨总结说，我们有充分的理由解释，在死亡的这部书里，为什么连曾经活过这样的话也不值一提。因为我们须知，死亡之书的别名就是乌有之书。骷髅将这本法令汇编一把推开，站了起来。她在屋子里转了两圈，每次需要破解迷局、抓住要害的时候，她都会这样，然后死亡打开档案柜的抽屉，找到大提琴手的档案卡，抽了出来。她的这个动作刚刚提醒了我们，现在是时候了，就是我们此前所说的时机，现在机不可失，是时候澄清一下，我们一直在关注的这些档案，关于它的运作机制，有一个很重要的方面，由于叙事者的疏忽，我们至今没有谈起，叙事者应该为此受批评。首先，跟大家设想的可能相反，码放在这些抽屉里的千千万万张档案卡，并不是死亡本人放进去的，也不是她亲自填写的。别搞错了，死亡就是死亡，又不是书记员。每个人刚一出生，档案卡便自安其位，按照字母顺序排列归档，人死的时候，档案卡自动消失。在发明紫色信函以前，死亡连打开抽屉的活儿都不用干，卡片出来、进去全都自行运转，没有任何的差错和混乱，也从不记得出现过什么难堪的场面，没有人嚷嚷着不想出生，也没有人抗议表示不愿死去。那些去世者的档案卡自己就没了，不需要任何人来拿走送到楼下，更确切地说，这些卡片去到了地下楼层更深的某个房间里，这样，它们离炽热的地心就更近了，总有一天，所有这些废纸都会在地心燃烧殆尽。在这个属于死亡和镰刀的房间里，不可能建立起某位民事档案保管员那样的标准，他将所有的名字和资料都集合在一份档案里，包含了其管辖下的每一个活人和死人，并声称他们只有集中在一起才能代表整个人类，独立于时间和空间来理解，人类应该被当作一个绝对的整体，一直以来把活人、死人割裂看待，不啻为对灵魂的辱没。我们这位死亡和那位审慎的生死档案保管员之间的巨大差异恰恰在这里，一方面，死亡引以为傲的，就是她高高在上无视一切死者，我们可以想想那句常说的残忍名言，过去的就是过去了，而保管员却不一样，用我们现在的话说，他有一种叫作历史感的东西，因此他认为，生者与死者永远不该区分开来，否则的话，不仅死者永远地死了，就连生者也只能半活着自己的人生，纵然比玛土撒拉还要长寿，关于玛土撒拉的寿命，有人疑问，他到底是如玛索拉版本的《旧约》所言死于九百六十九岁，还是像《撒马利亚五经》中记载的享年七百二十岁。当然，不是每个人都同意这位保管员大胆的存档方案，要把所有的姓名、档案都保存在一起，无论以往的还是未来的，但是，我们不妨把他的提议暂且放在这里，以便日后不时之需。

死亡仔细检查那张档案卡，就是那位音乐家的生平记录，但并没有找到任何新的信息，他一周多前就该死了，但现在却依然平安无事地活着，生活在那套朴素的艺术家公寓里，养着一条会跳到女士怀中的黑狗，拥有一架钢琴、一把大提琴，夜里会犯渴，还有一件条纹睡衣。这个难题一定有解决的办法，死亡想道，最理想的当然就是把事摆平又不引起太大关注，如果她最高的上级真能发挥什么作用的话，而不仅仅是在那里接受尊崇和赞美，那么现在就是一个好机会，来显示对于辛苦工作的底层并非无动于衷，若真是那样，他们就该改改规章制度，颁布一些特殊措施，必要的话，最好能对某项合法性模糊的行动给予授权，总之就是不能坐视这种荒唐的情形继续发展下去。吊诡的是，这些按理说能够解决问题的高层上级具体是谁，死亡自己也一无所知。的确，在某封死亡发布于媒体的信上，没记错的话应该是第二封，她提到过一种万物皆灭的死亡，不知在什么时候，它将会消灭宇宙中一切的生命迹象，直至最后一个细菌，但这种死亡不过是哲学上的一种必然，因为没有什么能永生不灭，包括死亡，所以，它实际上是由常识推导得出的，而这一常识在诸多分门别类的死亡中间流传已久了，尽管对这位最高级的死亡还有待了解，仍需通过分析和经验来证实。长久以来，各类死亡都坚持相信有这样一位统领全体的死亡，但直到今天，谁也没看到她那想象之中的力量有过一丝半点的显露。我们，这些分管一摊的，死亡想道，我们才是认真工作、包揽脏活累活的，其实我一点也不会诧异，如果有一天宇宙真的灭亡了，那也不是因为有人庄严宣告了普遍性死亡的来临，那宣告之声在众银河系与黑洞之间回响，宇宙的灭亡其实是我们负责实施的一桩桩个体死亡累积所致，这就好比民谚中的那只母鸡[1]，不是一粒一粒地吃饱了肚子，而是愚蠢地一粒一粒吐了个干净，在我看来，生命也是一样的过程，它一直在准备着自己的终结，根本不需要我们，也没有指望我们施以援手。死亡的困惑完全可以理解。她被委派到这个世界来是太久以前的事情，以至于她在履行职责的时候，都不记得当初是谁把那些必要的指令颁布给她。他们把法令交到她手上，给她指出"汝必杀人"四个字，作为她今后活动的唯一引导，然后就叫她好好过自己的生活去吧，可能他们自己也没察觉到最后这句话里的黑色幽默。于是她就去了，心想，如果遇到什么疑问或者费解的难题，随时都能找人撑腰，一定有那么个领导、上级、精神导师在那里，可以寻求建议和指导。

因此，现实简直难以置信，死亡与大提琴手之间的局面一直有待冷静客观的分析，现在我们终于可以来想想看了，有这

1　葡萄牙语中有句谚语，"一粒接着一粒，母鸡吃饱了肚子（De grão em grão, a galinha enche o papo）"，寓意凡事积少成多，没有人能一口吃成个胖子。

样一个完美的信息系统，几千年来持续更新档案，即时同步数据，随着人的出生和死亡，档案卡自动出现或者消失，如果这样一个系统是原始、单向的，我们再说一遍，那样简直难以置信，无论信息的源头位于哪里，它不可能不在同时接收着死亡日常工作中产出的数据。而如果该源头能够有效接收反馈，却对该死之人逃出生天这样的意外消息无动于衷，那么只有两种可能，要么，这件有违我们逻辑和正常期待的事情，对它来说无足轻重，所以感觉不必亲自出手来纠正出现的错乱，要么，它默认死亡得到的是全权委托，虽然死亡自己并不这么想，但其实她完全可以按照自己的意愿解决每日工作中出现的任何问题。必须在此处提到一两次"疑问"这个词，死亡的记忆里才会回响起法令汇编中的一节，因为字体太小，而且是写在脚注里，所以没有引起更别提抓住研读者的注意。死亡放下大提琴手的档案卡，捧起书来。她知道，要找的那一段不会出现在附录或者补遗里，而一定是在法令的开头，那一部分年代最为久远，也因此查阅得最少，就像所有的基础性历史文件一样，果然，就在那儿找到了。上面这样写道：如有疑问，执行者死亡应当在最短的时间内根据自身经验采取措施，保证不打折扣地实现终极目标，任何情况下，一切行动都应为该目标服务，即在人类一出生便已预定的寿数到期时，终结人的性命，如果意外有人反抗命运裁决，或是出现任何本法令编撰时无法预见的异常因素，为达目的，即使采取非常手段也属必要。说得再清楚不过了，死亡有全权自行定夺、见机行事。我们分析一下就会发现，这个毫不新奇。不信我们就来看看。当初死亡自作主张，决定从今年的一月一日起暂停活动，她中空的头骨里一刻也不曾想过，上级可能会要求她解释自己的大胆行径，她同样也没想过，这位上级或者上级的上级很有可能会看不惯紫色信封这种有声有色的发明。长期从事单调的工作、重复到可以自动操作的危险就在这里。一个人，或者死亡，在这一点上都一样，一丝不苟地完成工作，日复一日，没有差错，没有疑问，把注意力全都放在遵行上级设定的指示上，而且如果干了很久，都没有人来管管工作的方式方法，那么这个人，或者死亡，最终一定会不知不觉间表现得像位女王或是夫人，不光要做什么自己说了算，也包括什么时候去做、怎样去做。唯有这个原因能合理地解释，死亡为什么没感觉需要请示上级批准，就擅自做出了一系列重大决定，这些决定我们都已经看到了，若非如此，这个故事将不复存在，也不知是幸还是不幸。而死亡连想都没想过这些。现在矛盾的是，死亡喜不自胜地发现，原来人类性命的生杀予夺全部听由己意，自己不需要迎合任何人，现在不用也永远不用，荣耀的气息眼看就要冲昏她的头脑，与此同时，她不禁感到一种后怕的心情，就好像一个人差点被抓住，但在最后一刻奇迹般地躲过：天哪，刚刚好险。

无论如何，现在从椅子上站起来的死亡俨然是一位女皇。她不应该待在这间冰冷的地下室里，好像被活埋了似的，她应该站在最高的山峰上，指点着世界的前途和命运，她仁慈地望着人类的牧群，看他们如何朝着四面八方汹涌流动，却浑然不知所有人都在走向同一个宿命，向前一步或是向后一步，都是在朝死亡迈近，万事万物殊途同归，因为结局只有一个，而你的一部分要时刻想着这个结局，它是烙在你绝望人性上的黑色印记。死亡手里攥着音乐家的档案卡。她心里清楚，必须要对他采取行动，只是还不知道该做什么。首先，她需要镇静下来，须知现在的自己并不比以前更像死亡，今天和昨天的唯一区别在于，现在她更确信自己是谁了。其次，虽然她好不容易可以跟大提琴手一了恩怨，但是并不能因此就忘记寄送当天的信件。她刚想到这个，立即就有二百八十四张档案卡出现在了桌子上，一半是男的，一半是女的，同时出现的还有二百八十四张信纸和二百八十四个信封。死亡回身坐下，把音乐家的卡片放到一边，然后开始写信。如果有一个四小时的沙漏，当她给第二百八十四封信签上名字，最后一粒沙刚好落下。一小时后，所有信封封口，准备发件。死亡找来那封三次寄出又三次退回的信，把它放在一堆紫色信封的上面：我再给你最后一次机会，她说。照旧左手一挥，信都消失不见了。不到十秒钟，音乐家的信又不声不响地重新出现在了桌上。这时候，死亡说，你要这样，那就随你吧。她画掉档案卡上的出生日期，改成了一年之后，接着修改了年龄，把五十岁改成了四十九岁。你不能那么做，长柄镰刀远远喊道；做都做了；

会有后果的；只可能有一种；哪种；死，该死的大提琴手，让我难受、自己逍遥的家伙，最终死了；但是，那个可怜的人并不知道自己早该死了呀；在我看来，他就像知道一样；无论如何，你无权修改档案卡；你错了，我绝对有，我有全权这么做，我是死亡，而且你记着，我今后要比以前当得更彻底；你不知道自己会栽在哪里，镰刀劝她；全世界只有一个地方死亡栽不进去；什么地方；那个地方叫作骨灰盒、棺材、棺木、坟墓、灵柩、坟冢，那里我进不去，进去的都是活人，当然，是被我杀了之后；用那么多词，说的都是同一个伤心地；这是人类的习惯，从来言不由衷、意非所言。

13

死亡有一个计划。修改音乐家的出生日期只不过是一次行动的初始步骤，我们现在可以提前透露，这次行动所采取的一些手段堪称史无前例，在人类与其死敌的关系史上绝无仅有。如果这是一盘国际象棋，死亡已经出了王后。再走几招，就可以将军，结束战斗了。有人也许会问，死亡为什么不恢复原状，像从前那样，该死的时候人们就死了，不用等邮递员先送来一封紫色的信。这个问题问得不无道理，但是答案也一样理由充分。首先，这个问题关乎荣誉、面子、职业尊严，在大家眼里，死亡一旦回到往日的单纯，就无异于承认自己的失败。既然目前通行的办法是用紫色的信，那么大提琴家也得以同样的方式死去。我们只要设身处地站在死亡的角度思考，就不难理解她的理由。当然，我们已经目睹了四回，现在最主要的问题在于，怎样能把那封已经疲惫不堪的信送到仍然活着的收件人手里，而要实现这一夙愿，就必须如上文所说，得采取一些非常手段。但是先别急着瞧好戏，我们先来看看，死亡此时此刻正在做什么。此时此刻，死亡什么也没做，只是跟往常一样，用现在的话讲，在那儿闲晃，其实说得更准确一点，死亡就在那儿，不晃。同一时间，她无处不在。她不需要追着人跑，把他们逮住，从来都是人在哪里，她就在哪里。现在，有了邮递通知的方法，死亡完全可以安然地待在地下室里，等信件自己完成投递，但是，江山易改本性难移，她需要感觉到自由，感觉到无拘无束。有句老话说得好，林子里的野鸡不爱住鸡棚。从比喻义来讲，死亡就是林子里的野鸡。她不会再犯蠢，或是懦弱到不可原谅的地步，内心里那种无法限制的扩散本性是她最大的优点，所以她不再压抑，不再吃力地聚拢自己，努力保持一个可见的轮廓，不轻易越轨逾矩，就像头天晚上那样，在音乐家家里的那几个小时，上帝知道她过得多不容易。我们已经说了一千零一遍，死亡是无处不在的，所以她也在那里。狗睡在院子里，晒着太阳，等着主人回家。它不知道主人去了哪里，去做什么，即便有过一路跟随他的念头，现在也已放弃了，一座大都市里有那么多好闻和不好闻的气味，太容易晕头转向了。我们从没想过狗通过什么认得我们，我们自己一无所知。然而这位死亡知道，大提琴家正坐在一家剧场的舞台上，就在乐队指挥的右手边，和他表演的乐器在一起，死亡看见他用灵巧的右手拉动着琴弓，一样灵巧的左手上上下下按动着琴弦，她尽管从没学习过音乐，连最基本的所谓四分之三拍视唱都没练过，但在黑暗之中她也碰过那把琴。指挥中止了排练，用指挥棒敲打着谱架边缘，评论一番，又发出一个指令，他要求所有的大提琴，也只有大提琴，在这个段落发出声音但看上去又没在演奏，这像是某种音乐哑谜，而那些乐手似乎立马心领神会，艺术就是这样，有些东西在外行人看来完全不可思议，但其实并没那么难。死亡，自不必说，充满了整个剧场，一直涨到最高处，够到了天花板上的寓言画和现在没有点亮的巨型吊灯，但此刻她最喜欢的视角是二楼的一个包厢，略微有点斜角面对着低音弦乐区，包括中提琴，它们是提琴家族里的女低音，还有大提琴，对应着男低音和最低沉的倍低音音域。她就坐在那里，坐在一把罩着洋红色绒布的窄椅子上，目不转睛地盯着首席大提琴手，她曾看着那个人熟睡，他穿条纹睡衣，有一条狗，现在那条狗正在家中的院子里晒着太阳睡觉，等待着主人回来。那就是她的人，一个音乐家，仅此而已，就跟身边近百个男男女女一样，他们围坐成半圆形，中间是乐队指挥，他们自己的巫师，就这几天，未来某一周、某个月或某一年，他们早晚会在家中收到紫色的信，然后空出自己的位置，直到另一名提琴手、长笛手或者吹号手填补进来，坐在同一把椅子上，也许巫师也换了个人，挥舞着指挥棒对声音施展魔法，生活就像一支管弦乐团，无论音调准还是不准，一直演奏个不停，生活又像一艘泰坦尼克号巨轮，不断地沉船又不断地浮出水面，这时候，死亡意识到，自己也可能沦落到无事可做的地步，如果沉船再也浮不上来，再也没有海水沿着舷侧流下，唱着那招魂的歌声，就像当初女神安菲特里忒[1]出生的独特时刻，海水滑过她曲线起伏的身体，发出一声声轻柔的叹息，好叫她环绕着海洋，这也正是她名字的含义。死亡自己琢磨起来安菲特里忒如今在哪儿，涅柔斯和多里斯的女儿会在哪儿呢，她从未在现实中存在过，但是曾短暂栖身于人类的脑海里，好在其中同样短暂地创造出某种特定的方式赋予世界意义，并试图理解现实。人类没能理解现实，死亡想道，他们无论如何都理解不了的，因为他们人生中的一切都是临时的、短暂的，一去不复返，无论是神，是人，过去的，就永远结束了，现在的，也不会永远都在，即便是我，死亡，也会消失，到时候我已无人可杀，无论是用传统手法还是用邮递寄信。我们知道，她并不是第一次有这种想法了，不管思考用的是什么部位，但这种想法头一回让她感到深深的慰藉，就像一个人好不容易干完了活儿，向后靠倒，休息放松。乐团忽然安静了下来，只听见一位大提琴手的演奏声，这叫独奏，那是段简单的独奏，时长不到两分钟，那仿佛是从巫师召唤的大军里响起的一个声音，它也许是以其余全体沉默者的名义诉说着什么，指挥家本人也一动不动，只是看着那位乐手，乐手面前的椅子

1　安菲特里忒，希腊神话中的海洋女神之一，海王波塞冬的妻子。

上摊开着一本乐谱，那是约翰·塞巴斯蒂安·巴赫的D大调第六号组曲，第一千零一十二号作品，在这座剧场里，他永远也演奏不了这部组曲，因为他不过是乐团的一位大提琴手，虽说是提琴组的首席，但名气还没大到可以开个人音乐会，去世界各地演出，接受采访，收获鲜花、掌声、荣誉和勋章，如果偶尔某位慷慨的作曲家想起了乐团中循规蹈矩、无甚新鲜的这一侧，能让大提琴手独奏几个小节，那已经非常幸运了。等彩排一结束，他就会把大提琴收进箱子，打一辆带大后备箱的出租车回家，今天晚饭后，他可能会在谱架上打开巴赫的组曲，深吸一口气，用琴弓擦动琴弦，好让响起的第一个音符在这世界不可救药的平庸中安慰自己，如果可以，叫第二个音符让自己将那平庸彻底忘记，这时，独奏结束了，整支乐队的齐奏刚好盖住大提琴最后一声回响，而那巫师，君临天下般挥了一下指挥棒，又重新做回了声音的招魂者和引路人。他演奏得太好了，死亡为她的大提琴家感到骄傲。好像她成了一位家人，他的母亲、姊妹、未婚妻，妻子不行，因为这个男人从没结过婚。

接下来的三天里，除了必须挤出时间冲回地下室，匆匆写好信寄出去，其他的时候死亡简直就成了音乐家身后的影子、呼吸的空气。影子有一个很大的缺陷，只要到了没有光源的地方它也就没了。死亡则是坐在他的身边和他一起乘出租车回家，跟他一同进门，善意地看着狗在回家的主人面前热情地撒欢，然后，她像一位受邀而来的客人似的，自己找个地方舒舒服服地坐会儿。对于无须移动的人来说，这很方便，她既可以席地而坐，也不介意择高而栖，待在衣柜顶上。今天乐团排练结束得晚，这会儿眼看就要天黑了。大提琴手给狗喂好食，然后去准备自己的晚餐，他打开两个速食品罐头，倒出来加热，然后在厨房的桌子上铺一块桌布，摆好刀叉和餐巾，倒一杯红酒，然后不急不忙、若有所思地将第一叉食物送进嘴里。狗坐在一旁，如果主人吃剩点什么，留在盘子里递给它，那就是它的饭后点心。死亡注视着大提琴手。按理说，死亡分不清人脸的美丑，或许是因为，她认自己也只看头骨，所以总是忍不住还原我们面孔下的骨架，那是我们陈列商品的玻璃橱窗。归根结底，实话实说，在死亡眼里，我们所有人都一样丑，即便我们荣获了选美皇后或是男性中的对应头衔。她喜欢他强健的手指，估计左手的指肚已经逐渐变硬，甚至轻微结了老茧，生活总有这样或那样的不公，就比如说他的左手，在大提琴上负责最繁重的工作，但是得到观众的掌声远逊于右手。饭后，音乐家洗了碗，小心翼翼地沿着折痕叠好桌布和餐巾，放进碗橱的抽屉里，离开厨房前又四周打量了一圈，看看有什么东西没摆好。狗跟在他后面进了音乐室，死亡正在那儿恭候他俩。跟先前我们在剧场里设想的不同，音乐家并没有拉奏巴赫的组曲。某天，他和几位乐团里的同事聊天，半开玩笑地谈起，有没有可能用音乐为人立肖像，要真实贴切，不能像穆索尔斯基的《两个犹太人》¹那样只有刻板的典型，他当时说，如果真有什么音乐可以做自己的肖像，那不是任何一首大提琴曲，而是肖邦的一支练习曲，篇幅极短，作品二十五号，第九首，降G大调。同事问为什么，他回答说，他就是在其他乐曲中都看不到自己，在他看来，没有比这更好的理由了。而在那短短五十八秒中，肖邦把一个从未谋面之人诉说得淋漓尽致、无以复加了。于是之后那几天，乐团里比较幽默的同事跟他开了个友善的玩笑，叫他五十八秒，但这个绰号太长了，很难叫得长久，而且跟这样一个人对话，也很难保持有问必答，毕竟你问他任何问题，他都可以用五十八秒的时间来回答你。这样，大提琴手最终在这场友好的争斗中获胜。现在，他好像感知到了家里有第三者存在，出于说不清道不明的原因，他觉得有必要向其介绍一下自己，但即便再单调的人生，要讲点有意义的东西也难免长篇大论，为了免于冗赘，大提琴手在钢琴前坐下，稍微停顿了片刻，等待观众坐定，然后弹奏起来。狗趴在谱架旁边，半睡半醒，它仿佛并不在意这场声音的风暴在自己头顶掀起波澜，也许是因为之前听过很多遍了，也许是因为这首曲子并不能增进它对主人的了解。死亡由于工作需要，听过太多别的音乐，尤其是同为肖邦所作的《葬礼进行曲》，或是贝多

1　莫杰斯特·彼得洛维奇·穆索尔斯基，十九世纪俄国作曲家。《两个犹太人》是其代表作《图画展览会》中的经典片段，作曲家用弦乐器和小号分别塑造了一胖一瘦、一富一穷两个作为社会典型的犹太人形象。

芬第三交响曲中很慢的柔板，但今天是她极为漫长的一生中头一次发现，原来说什么与怎么说之间，可以有如此完美曼妙的配合。她并不在意，那是不是大提琴手的音乐肖像，他声称的相似之处，无论属实还是虚构，多半是他脑子里编造出来的，但让死亡印象深刻的是，在那五十八秒的音乐中，她听出了一种充满节奏和韵律的流转变换，无论人生平淡无奇还是卓尔不凡，它属于人类生命的全体和每一个个体，她在那悲怆的短暂中听到了，在那绝望的强烈中听到了，也在那结尾的和弦中听到了，它像个休止符，停留在空气中，停留在混沌里，停留在每一处，仿佛还有什么东西言而未尽，无处排解。大提琴手堕入了人类最不可原谅的罪孽，就是傲慢，其实在这幅肖像里能找到每一个人的影子，但他却认为看到的是自己且仅有自己，不过话说回来，如果我们仔细想想，而不是只看事情的表面，这种傲慢同样可以解读为完全相反的东西，它可以是一种谦卑的表现，既然那首曲子是所有人的肖像，那我也必然被画在了其中。死亡犹豫了，傲慢还是谦卑，她无法做出判断，为了打破僵局、摆脱疑虑，现在她开始饶有乐趣地观察音乐家，等待着他的面部表情或是双手能够揭露真相，那双手就是两本打开的书，不是靠什么或真或假的手相术，看什么感情线、生命线，是的，生命线，诸位没有听错，生命，真正的原因在于，那双手会说话，当它们闭合或是打开，爱抚或是击打，擦干一滴眼泪或是伪装一个微笑，搭在某人肩上或是挥别说声再见，当它们工作、静默、睡着、醒来，它们都是在说话，而此时，死亡观察完毕，她的结论是，傲慢的反义词并不是谦卑，即便世界上所有的字典都赌咒发誓说是的，可怜的字典，它们只能用已有的现成词语管理自己并治理我们，但是，有那么多词语仍然空缺，就比如说这种活跃的傲慢的反面，它不是谦卑，绝没有谦卑那么低声下气，我们清清楚楚地看到，这个词就写在大提琴演奏家的脸上和手上，但却不能告诉我们它叫什么。

第二天碰巧是周日。天气看上去不错，和今天一样，大提琴手的习惯是带一两本书，牵着狗，去城里的某个公园待一个上午。出于本能，狗会在树与树之间跑来跑去，到处嗅嗅同类的尿味，但它从不走远。有时候它会抬起腿，就地满足一下排泄的需要。另一种需要，我们姑且说是补充性的排泄，则是训练有素地在自家后院里解决，这样大提琴手就不必追在它后面，拿着专用的小铲子，一路捡它的排泄物，装在一个小塑料袋里。这也许可以当作一个犬类训练优良的例子，但那实际上是狗狗自己的主意，它认为一位音乐家、大提琴手、艺术家，应该致力于优雅地弹奏巴赫的D大调第六号组曲第一千零一十二号作品，在它看来，一位音乐家、大提琴手、艺术家来到这个世界上，不是为了从地上捡起仍然冒着热气的狗屎，无论那是自家的狗还是别的狗拉的。那样不合适，比如巴赫就绝对没干过那种活儿，这只狗某天对主人这样说道。音乐家回答说，时代已经大不相同了，但是不得不承认，巴赫的确没

160

干过那种活儿。总的来说，音乐家还是比较喜爱各种文学的，在他书房里随便找个书架一望便知，不过他对天文学、自然科学或者说关于自然的书籍有特别的偏爱，今天，他就带了本昆虫学手册出门。因为缺乏专业背景，他也没指望能从书里学到很多，但他在读书的时候欣然获知，地球上的昆虫品种接近一百万种之多，可以分为两个亚纲，即有翅亚纲，就是带翅膀的，以及无翅亚纲，就是不带翅膀的，按目分类又有直翅目，比如蚂蚱，蜚蠊目，比如蟑螂，螳螂目，比如刀螂，脉翅目，比如草蛉，蜻蛉目，比如蜻蜓，蜉蝣目，比如蜉蝣，毛翅目，比如石蛾，翅下目，比如白蚁，蚤目，比如跳蚤，本翅目，比如虱子，食毛目，比如鸟虱，异翅亚目，比如臭虫，同翅亚目，比如蚜虫，双翅目，比如苍蝇，膜翅目，比如黄蜂，鳞翅目，比如骷髅天蛾，鞘翅目，比如金龟子，最后，还有缨尾目，比如蠹虫。从书上的图片来看，骷髅天蛾是一种飞蛾，拉丁文学名叫acherontia atropos。它昼伏夜出，胸节背板上有一个与人类头骨相似的图案，翼展长达十二厘米，体色暗沉，后翅为黄黑亮色。它名字里的atropos[1]，就是死亡。音乐家不知道，也绝对想不到，此刻死亡正越过他的肩头，兴致勃勃地看着那只飞蛾的彩色图片。兴致勃勃，但也一头雾水。别忘了，那位负责将昆虫从生命渡至非生命——也就是杀死——的命运女神

1　即阿特洛波斯，希腊神话中主管死亡的命运女神。

跟这位死亡不是同一位，尽管两位的索命手法多有雷同，但是不同之处也有很多，就比如说，昆虫不会死于人类最常见的那些死因，如肺炎、肺结核、癌症、获得性免疫缺陷综合征（俗称艾滋病），以及各种交通事故或心血管疾病。到这里为止，谁都能懂。最令人费解的，也是让这位越过大提琴家肩头看书的死亡感到糊涂的，是一个人类的颅骨图案，不知在世界初创的哪个阶段，竟然如此精巧准确地画在了一种飞蛾长有茸毛的后背上。的确，有时候人类身上也会出现一两只小蝴蝶，但那不过是一种简单的人为设计，普通的文身而已，并不是与生俱来的。死亡在想，或许当初，所有的生命都是同一种东西，只是后来逐渐地区别开来，分化为五界，即原核生物界、原生生物界、真菌界、植物界和动物界，随着时期更替，每一界的内部又产生无数次宏观和微观的分化，因此，在这场生物杂糅的混乱之中，如果一些物种的特性出现在了别的物种身上，一点也不足为奇。这就可以解释，为什么这种名叫acherontia atropos的飞蛾背上会有一具令人不安的白色头骨，而且有意思的是，它的名字里除了有死亡这个词，还包含了冥界一条河流的名字[1]，不仅如此，它还可以解释曼德拉草根和人体之间同样令人不安的相似。面对此等自然的神迹、令人敬畏的奇景，很难知道一个人会想什么。但是，死亡越过大提琴家肩头仍然目不转

---

[1] 希腊神话中的冥界有五条河流，其中一条叫阿刻戎河（Acheron），意为苦恼之河，河上有摆渡者带领亡者由此进入冥府。

睛盯着书看的时候，她的思绪已经走上了另一条岔路。这会儿她有点难过，因为想到，如果当初使用骷髅天蛾做死亡信使该有多好，而不是寄什么愚蠢的紫色信函，虽说一开始她觉得这是个天才至极的点子。这种飞蛾绝不会有信息被退回的问题，因为它的使命就印刻在背上，它就是为此而生的。不仅如此，就演出效果而言，这跟派个普通的邮递员送上一封信也会截然不同，我们会看见一只十二厘米宽的飞蛾在我们头顶盘旋，黑暗天使亮出了那双黄黑两色的翅膀，它贴着地面画一个圈，不许人迈出半步，接着突然起飞，在我们面前垂直升起，它背上的颅骨与我们的颅骨相对而视。毫无疑问，对于这套特技动作，我们不会吝惜掌声。只是此处不难看出，这位负责分管人类的死亡仍然有很多东西有待学习。众所周知，飞蛾并不在她的管辖范围内。不仅是飞蛾，其他所有的动物，无数个品种，都不归她管。那么她就得和动物分部的同事商讨出一份协议，就是负责所有那些自然物种的主管，借调一定数量的acherontia atropos。然而，遗憾的是，考虑到她们分管领地以及对应居民群体的巨大差异，这位同事多半会高傲无礼、斩钉截铁地拒绝，于是我们发现，薄情寡义、缺乏团结不是一个空洞的说法，即便在死亡的世界里，这也是切实存在的问题。你们想一想那本昆虫学入门手册上讲到的一百万种昆虫，如果可以的话，你们想象一下，每一个种类有多少只个体，然后请你们告诉我，地球上的虫子是不是多于天上的星星，或者说银河里的星星，如果我们想给宇宙起一个诗意些的名字；在它令人晕眩的存在里，我们不过是一小坨转眼就要融化的屎。人类的死亡眼下只拥有区区七十亿男女，不足挂齿，他们不太均匀地分布在五大洲，因此，她是次生的、低等的死亡，她对自己在塔纳托斯等级次序里的排位也心知肚明，所以那家报纸把她的首字母大写时，她坦诚地致信做出了澄清。但是，美梦的大门就是那么容易打开，谁都可以随意做梦还不用缴税，死亡此时没有越过大提琴手的肩头看书，而是沉浸在想象里，她幻想着桌子上整整齐齐地排列着一群飞蛾，听候自己调遣，她一只只地点名、下达指令，你去那儿，找那个人，给他看你的骷髅，然后回到这儿来。真若如此，音乐家脑子里的最后一个念头和视网膜上的最后一个影像，就是感觉那只acherontia atropos从打开的书页里飞了出来，根本不像传说中马塞尔·普鲁斯特见到的那样，有什么穿着黑衣服的胖女人来宣布他的死亡，或是如那些眼力尖锐的临终病人所声称，看到了一个披着白布的鬼怪。一只飞蛾，丝薄的翅膀簌簌扇动，又大又黑的飞蛾背上，一块酷似头骨的白斑，如此而已。

大提琴手看看表，发现已经过了午餐时间。狗十分钟前就开始想这件事了，它在主人身边坐下，把头枕在膝盖上，耐心地等待着主人回到现实世界。离这儿不远有一家小餐馆，提供三明治或者类似的小食。每一个来逛公园的上午，大提琴手都会光顾这家，回回都点一样的东西。两个金枪鱼三明治配蛋黄酱加一杯酒给自己，一个半熟牛肉三明治给狗。如果天气宜人，像今天这样，他俩就会在树荫下席地而坐，边吃边聊。狗总是把最好的留到最后，先匆匆解决两片面包，然后才开始享受吃肉，它不慌不忙地认真咀嚼，细细品味着肉里的汁水。大提琴家则心不在焉，想起来才吃一口，心里琢磨着巴赫的D大调组曲，序曲里有一段困难得见鬼，时常会让他停下、犹豫、怀疑，对于一个音乐家，人生中没有比这更糟糕的事了。吃完饭后，他俩伸直了身子，并肩躺着，大提琴手打个小盹儿，狗总是早他一分钟睡着。等他们醒来回家，死亡也跟着他们。狗跑进后院清清肠子，这时候，大提琴手在谱架上打开巴赫的组曲，翻到棘手的那部分，一段梦魇般的极弱音，犹豫的情况再次无情地发生。死亡为他感到惋惜：可怜的人，最不幸的是，他已经没有时间弄个明白了，话说回来，从来没有人弄明白过，那些貌似接近的人其实还差得很远。就在此时，死亡头一回意识到，整个房子里找不到一张女人的照片，除了一位上年纪的女士，那显然是他的母亲，旁边有一位男士，应该是他的父亲。

14

　　我要请你帮一个大忙，死亡说。一如往常，镰刀沉默以对，只有一声微乎其微的颤动，表示它听到了，也隐隐表达了身体的不适，因为死亡嘴里从没说出过类似的话来，帮一个忙，还是大忙。我得外出一个星期，死亡接着说道，这期间我需要你替我把信寄出去，当然，我不是让你代写，寄就好了，你只需在内心发出一个指令，心里面微微抖动刀刃，释放出一种感觉，一种情绪，随便什么东西，只要证明你还活着，就足以将信发往目的地。镰刀依旧静默不语，但那沉默就如同提问。因为我不能一天到晚跑进跑出忙着寄信，死亡说，我必须专心致志地解决这个大提琴手的问题，找个法子把那封该死的信交给他。镰刀等着。死亡继续说下去，我的想法是，我把这一周的信一次性全部写好，鉴于情况特殊，我允许自己做此安排，而且就像我告诉你的，你只要寄信就好了，站在那里靠着墙，连挪动一下也不需要，你瞧，我是好好跟你说的，求你作为朋友帮我个忙，我本来不用客气的，直接给你下道命令就好，过去这些日子我的确没怎么用到你，但这不代表你不再听命于我。镰刀顺从地报以沉默，肯定了对方的话。那我们就一言为定，死亡结束了讨论，我今天就全天写信，我算了一下，共有大约两千五百封，你想想看，这非得写秃了皮不可，然后我会把信放在桌子上整齐摆好，分组排列，从左往右，别搞错了，是从左往右，看着，从这儿到这儿，要是大家在错误的时间收到通知，无论是早了还是晚了，你可又给我惹来一串天大的麻烦了。俗话说，沉默代表同意。镰刀没说话，所以就是同意了。死亡坐下来开始工作，身上裹着尸布，兜帽甩到后面，以免挡住视线。她写啊写，过了好几个小时一直在写，又是信纸又是信封，折好信纸还要粘上信封，有人也许会问，她既没舌头也没口水，怎么能把信封粘起来呢，那个嘛，诸位，属于幸福的手工时代，那时候现代化晨光初露，我们尚生活在它的穴居阶段，现如今，信封都有所谓的自粘胶，撕掉表面的纸条，得，就可以粘了，舌头有很多种用处，可以说这一种已经作古了。死亡写得如此辛苦，但还没有磨秃了皮，那是因为她本来就没皮没肉。现成的表达方式在我们的语言里固定下来，即便这些说法早就偏离了原意，但我们还是会那样说，例如讲到这位死亡的时候，我们都忽略了她本来就是一具骷髅，生来就没皮没肉，不信看看X光片。她做了个挥别的手势，今天的两百八十多个信封便消失在了超然的空间里，所以镰刀明天才开始履行托付给自己的发信工作。死亡一言不发，没有道别，也没说回见，从椅子上站起来，走向房间仅有的那扇门，我们已经好多次提到那扇小窄门，但是它究竟通向哪里，我们一无所知，她打开门，走进去，回身把门关上。激动的情绪从根部贯穿刀刃直至刀尖，镰刀险些剧烈地颤抖起来。前所未有，在镰刀的记忆里，那扇门从来没有用过。

好几个小时过去，外面的太阳终于升起，这间冰冷的白屋子用不着阳光，苍白的灯光整天亮着，仿佛是为了帮一个怕黑的死尸赶走身边的阴影。时候尚早，还没轮到镰刀内心发出指令，让第二堆信从房间里消失，它还可以再睡一小会儿。那些彻夜不合眼的失眠者经常说这话，可怜的人啊，他们一分钟的休息也没得到，还以为睡眠这么好糊弄，只要再给一小会儿，一小会儿就行。那几个小时里，镰刀孤身独处，绞尽脑汁寻求一个解释，死亡从一道封死的门走出去，实属异常，那扇门始终站在那里，仿佛从一开始就注定永远锁死下去。镰刀最终放弃了苦思冥想，它早晚会知道，那扇门后面到底是怎么回事，因为死亡和镰刀之间不可能有秘密，就像农具和使用它的手之间没有秘密一样。它不用等太久。不到半个钟头，门开了，门口出现了一个女人。镰刀以前听说过这种可能，死亡可以化作人形，性别通常是女的，但它以为那不过是个传闻，一个神话，一个传说，就像其他许许多多的传说一样，比如凤凰涅槃，会从自己的灰烬里重生，月亮上的那个男人背上扛着一捆柴，因为他曾经在安息日工作，孟豪森男爵和马陷在沼泽里，最后拽着自己的头发逃过一劫，特兰西瓦尼亚的德古拉被杀多少次都死不掉，除非在他心上插一根棍子，即便这样还是有人怀疑他不会死，古爱尔兰有块著名的石头，它一旦被真正的国王碰到就会发出叫喊，伊庇鲁斯有一眼泉水，能把点燃的火把熄灭，把熄灭的火把点燃，女人将经血洒在田里可以提高播下种子的繁殖能力，有狗那么大的蚂蚁，有蚂蚁那么大的狗，死后第三天复活，因为第二天不可以。你看上去很漂亮，镰刀点评道，此话不假，死亡看上去确实漂亮又年轻，按照人类学家推算，有三十六七岁的样子；你终于说话了，死亡惊呼；我开口有个很好的理由，毕竟不是每天都能看到死亡变身成以自己为敌的族类；原来不是因为觉得我漂亮才开口的；也是，也是的，但如果你变成一个穿着黑衣服的胖女人，就像马塞尔·普鲁斯特先生看到的那样，我也一样会说话的；我不胖，也没穿什么黑衣服，而你压根儿就不知道马塞尔·普鲁斯特是谁；显而易见，我们镰刀，无论是收人的还是普通割草的，从来没学过读书认字，但是我们都具备很好的记忆力，那些镰刀清楚记得植物的浆液，而我记得人的鲜血，我听说过几次普鲁斯特这个名字，然后把一些事实拼凑、连接起来，他是一位伟大的作家，有史以来最伟大的作家之一，他的档案卡应该存在旧档案里；是的，但不在我的存档里，杀死他的那位死亡不是我；难道这位马塞尔·普鲁斯特先生不是这个国家的吗，镰刀问道；不，是外国的，一个叫作法国的地方，死亡答道，她说话的语气里带着些许悲伤；你今天看上去很美，希望这可以安抚你没有亲手杀死他的遗憾，愿上帝保佑你，镰刀宽慰她道；我一直视你为好朋友的，不过我的遗憾不是因为没有亲手杀死他；那是为什么；我不知该怎么解释。镰刀奇怪地打量着死亡，觉得最好还是换个话题，你这身衣服哪里找来的，它问；那扇门后面有的是衣服可供挑选，就像一个仓库，一个巨大的剧院衣橱，有几百个衣柜，几百个人体模特，几千个衣架；你带我去看看，镰刀央求说；带你去干吗，时尚、设计你啥都不懂；瞅一眼就知道，你懂的也没多到哪儿去，你这一身上下的搭配，我看一点也不协调；你从没出过这个房间，又不知道现在大家都怎么穿；告诉你，你这件衬衫我记得，以前我还没退休的时候见过；时尚总是循环往复，来了又去，去了又来，我在街上观察到的就是这样；这个你不说我也同意；你不觉得我这件衬衫和裤子、鞋子的颜色很配吗；好吧，很配，镰刀妥协道；和我头上戴的这顶帽子也很配；也很配；还有这件皮衣；是的；还有这个手提包；对；还有这对耳环；我放弃了；你拗不过我的，就承认吧；说你漂不漂亮，取决于你想勾引哪种类型的男人；总体而言你还是觉得我很漂亮吧；我一开始就是这么说的；这样，那就再见咯，我周日回来，最迟周一，别忘了每天把信寄出去，你整天靠着墙不动，这点活儿应该不算多吧；那

170

封信你带上了吗，镰刀问道，它决定不回应对方的挖苦；带着呢，在这里面，死亡边说边用指尖拍了拍手提包，她纤细的手指打理得很细致，谁见了都想亲吻。

大白天死亡现身在一条窄巷里，两面都是墙，这里接近城外了。周围看不见一扇可以进出的门或是入口，四下里也找不到任何蛛丝马迹，她是沿着哪一条路径从冰冷的地下室来到这里的。阳光并没有让她空空的眼眶感到不适，就像考古遗址出土的那些头骨不必眯起眼睛，即便突然有光照到脸上，并有考古学家高兴地宣布，发现的这具骨架看起来绝对是个尼安德特人，尽管稍后的检测显示，那其实是一个普通的智人。然而，这位扮成女人的死亡却从包里拿出了一副墨镜戴上，以防现在这双人类的肉眼染上结膜炎，还没有适应夏天上午耀眼阳光的人有更大染病的风险。死亡沿着巷子走下去，走到尽头，出现了第一批房屋。她发现自己来到了熟悉的地方，从那里开始，直到这座城市、这个国家的边缘，眼前所有这些延绵展开的房子，没有一户她不曾造访，即使是正在施工的那一幢，两周后她也会寻门而入，从脚手架上推下一个心不在焉、脚下疏忽的泥瓦工。这种情形，我们通常会说，生活就是如此，其实更准确的说法应该是，死亡就是如此。眼前这位姑娘，戴着墨镜钻进了一辆出租车，我们大概不会称呼她为死亡，反倒很有可能觉得，她就是生命的化身，于是上气不接下气地追在她身后，如果能拦下另外一辆出租车，我们会吩咐司机，跟着前面那辆，不过这终归是无用的空想，因为那辆车已经转过了街角，而这四周找不到第二辆出租车可以吩咐：麻烦你，跟着前面那辆。好了，现在，我们完全有理由说，生活就是如此，然后无奈地耸耸肩。无论如何，就算是起码的安慰吧，死亡带在包里的那封信上写的是另一位收件人，另一个地址，还没到从脚手架上摔下来的时候。不同于我们合理的预判，死亡告诉司机的地址并不是大提琴手家，而是他演出的剧场。没错，经历过前面几次的失败，她决定谨慎行事，选择变成一个女人也绝非偶然，或许某个讲究语法的人会以为，原因在于词语的阴阳性，正如前文所言，女人和死亡，这两者都是阴性名词。尽管镰刀对于外面的世界经验严重不足，尤其是关于感受、欲望和诱惑的事情，但是与死亡谈话的时候，镰刀完全点出了要害，十环命中，它问死亡到底想勾引哪种类型的男人。关键词就是这个，勾引。死亡其实本可以直接去到大提琴手的家，按响门铃，等他一开门，就抛下第一个鱼饵，摘掉墨镜对他妩媚一笑，声称自己是百科全书的销售员，这个借口很常见，但是屡试不爽，这时候有两种可能，要么他会请她进来，喝着茶慢慢聊，要么当即表示不感兴趣，一边做出准备关门的姿势，一边婉言拒绝说，即便是音乐百科全书我也不会买，辅以一个腼腆的微笑。不管哪种情况，要把信交给他都太容易了，容易得有点不像话，死亡并不喜欢那样。那个男人并不认识她，可是她却熟悉那个男人，她曾经在他的卧室里待了一整夜，听过他弹琴，无论是否情愿，这些都是联结纽带、营造和谐、搭建关系的事情，冷不丁告诉他，你要死了，有八天时间卖掉大提琴，给狗另寻一个主人，那也太残忍了，不适合变化得如此漂亮的女人。此事她另有计划。

剧场门口的海报告知尊敬的观众，国家交响乐团本周有两场演出，一场在周四，也就是后天，另一场在周六。一定有人始终小心翼翼、满腹狐疑，边读这个故事边寻找着其中的矛盾、出入、疏忽与不合理，他会要求你解释，死亡才从地下室出来不到两个小时，那下面既没有自动取款机也没有营业的银行，她哪里来的钱买音乐会的票。既然说到这儿了，那么还有一事相问，是不是只要女的戴着墨镜、笑容可人、身材曼妙，出租车司机就不会收钱。为了防止滋生任何恶意的揣测，需要赶紧澄清一下，死亡不仅支付了计价器上的金额，还不忘加上一笔小费。至于钱的来源，如果这个问题仍然困扰着读者，只消说，那副墨镜是从包里掏出来的，钱也一样，按道理讲，某处能拿出一样东西就能拿出第二样。不过，有这么一种可能，死亡拿来付车费、买两张音乐会门票和支付接下来几天宾馆的钱，可能已经不再通行了。大家第二天一觉醒来换了一种货币，这种事也不是第一次发生了。钱币必须品相完好并受法律认可才能流通，但是众所周知，死亡善于玩障眼法，不排除出租车司机一时疏忽，受骗了还没发现，从戴墨镜的女人手里接过的钱不属于这个世界，或者至少不属于这个时代，钞票上的头像还是共和国的某位总统，而不是大家尊敬并且熟悉的国王陛下。剧场的售票处刚刚开门，死亡走进去，微笑着道了声早安，要买两张一等包厢的票，一张周四、一张周六的。她跟售票员强调，要两场音乐会的同一个包厢座位，更要紧的是，包厢得在舞台右边这一侧，离舞台越近越好。死亡把手伸进包里随便一翻，掏出钱包，把自己认为足够的钱递了过去。售票员找给她零钱。请拿好，她说，希望您喜欢我们的音乐会，我猜这是您第一次来，至少我不记得在这儿见过您，要知道，我对人脸有很好的记忆，过目不忘，当然，眼镜会让人的面貌改变不少，尤其是您这种墨镜。死亡摘下墨镜问，你现在看看呢；我确定以前从没见过您；也许是因为，你面前这个人，也就是我，以前从来不用买票入场，几天前我才刚刚看过乐团的一次排练，感觉很好，当时都没人注意到我在场；我不太明白；有一天记得提醒我解释给你听；什么时候；有一天，那一天早晚会来；您别吓唬我。死亡绽放出一个美丽的微笑，问道，实话实说，你觉得我的模样吓人吗；不不不，我不是那个意思；那就照我说的做，微笑，想些美好的事情；音乐季还有一个月；喏，这就是个好消息，或许我们下周还会再见；我天天都在这儿，几乎跟剧场的固定设施一样；放心，你就是不在这儿我也能找到你；那我就等着您来；我一定会的。死亡停顿了一下，然后问，哦对了，你或者你的家人收到过紫色来信吗；死亡的信吗；是的，死亡的信；感谢上帝，还没有，但是我邻居的八天期限明天就要到了，这会儿正绝望得要死，真是可怜；能怎么办呢，生活就是如此；没错，售票员叹了口气，生活就是如此。幸好有其他买票的人进来了，不然真不知道这场谈话会引向哪里。

现在得找一家宾馆，离音乐家的房子不能太远。死亡一路走到市中心，进了一家旅行社，要来一张该市的地图查看，她很快找到了剧场的位置，食指从那里出发，沿着纸面划向大提琴手生活的街区。那个地方有点偏，但附近还是有几家宾馆的，营业员建议了其中一家，并不豪华，但还算舒适。他主动打电话帮她预订，死亡问，该付他多少服务费，营业员微笑着回答，算我的。人们习惯了不假思索，脱口而出，说话都不考虑后果：算我的，他说，带着男性不可救药的自大，也许他正幻想着不远的将来还会跟她有愉快的邂逅。他差点让死亡冷冷地盯着他说，小心点，你不知道自己在跟谁说话，但实际上她只敷衍一笑，道了声谢就出去了，没留电话号码也没给名片。空气中弥漫着一股香水味，混合着玫瑰和菊花的味道；嗯，香如其人，一半玫瑰一半菊花，营业员一边慢慢地折起城市地图，一边喃喃自语。死亡在路边拦了一辆出租车，把酒店的地址给了司机。她对自己并不满意。她吓到了售票处那位和蔼的女士，把快乐建立在别人的痛苦之上，这是不可原谅的虐待行为。大家本来已经够害怕死亡了，无须她亲自现身，微笑着说，你好，是我，这句话是现代的版本，或者叫通俗版，用阴冷的拉丁文说就是"人啊,记住,你本是尘土,仍要归于尘土"[1],然后,似乎还嫌不够,对一个正在帮助自己的好心人,竟然差点问出如此愚蠢的问题,往往所谓的上流阶级才会那么无耻、傲慢,不屑地挑衅下层人说,你知道自己在跟谁说话吗。不,死亡不满意自己的表现。她敢肯定,如果自己还是一副骷髅的形态,决不至于如此行事,也许是因为化作了人形,这些毛病也沾染得很快。她漫不经心地瞥了一眼车窗外,认出了正在经过的街道,这是大提琴手的家,他就住在那幢房子的一楼。死亡骤然感觉腹中一紧,神经战栗,也许那是猎人从猎枪瞄准器里望见猎物时的激动,也许是一种捉摸不透的恐惧,仿佛开始害怕起自己来。出租车停下来,宾馆到了,司机说。死亡用剧场售票员找的零钱付了车费,不用找了,死亡说,她没注意到,自己给的小费比计价器上的金额还要高。这情有可原,她是今天才开始使用这种公共交通服务。

她走近服务台才想起来,刚才旅行社的营业员并没有要自己的姓名,只是通知了宾馆,我这儿有位客人要过来,是的,一位女顾客,马上就来;现在她来了,这位女顾客不能说自己名叫死亡,首字母小写,谢谢,她不知道该给自己起个什么名字,啊对了,手提包,从包里掏出过墨镜和钱,从包里也要掏

---

1 原文为拉丁文(memento, homo, quia pulvis es et in pulverem reverteris)。《圣经·旧约》中,人类始祖偷食禁果后,耶和华诅咒亚当说:"你必汗流满面才得糊口,直到你归了土;因为你是从土而出的。你本是尘土,仍要归于尘土。"(《创世记》3:19)

出一张身份证来。下午好，有什么能为您服务，前台服务员问道；一刻钟前，有一家旅行社打电话来为我订了房间；没错，女士，我接的电话；我来了；请您填写这张单子。现在死亡知道自己的名字了，身份证就摆在柜台上，上面有名字，多亏戴着墨镜，她可以逐项抄写卡上的信息而不至于被前台服务员发现，名字、出生日期、国籍、婚姻状况、职业。好了，她说；您会在本店住几天；我计划待到下周一；能否允许我复印一下您的信用卡；信用卡我没带，但我现在就可以提前付款，如果需要的话；哦，那不用了，前台服务员说。他接过身份证，与表上的信息进行核对，他的脸上突然出现一个怪异的表情，然后抬起了目光。身份证照片上显示的是一位年龄大得多的女士。死亡摘下墨镜，朝他微笑。困惑的服务员又看了看身份证上的照片和面前的这个女人，现在她们看起来一模一样了。您有行李吗，服务员擦了擦汗湿的额头问；没有，我是来本市购物的，死亡回答。

一整天，她都待在房间里，午餐和晚餐全是在宾馆里吃的。她看电视看到很晚，然后钻进被窝，关上灯，也不睡觉。死亡从不睡觉。

15

　　死亡穿着昨天在市中心一家店里新买的裙子去听音乐会。她就坐在那里，独自一人，就像上次彩排时一样，坐在一等包厢里，注视着大提琴手。灯光调暗之前，乐队等待指挥上场的时候，他已经注意到了那个女人。不止一个乐手注意到她的存在。首先是因为她独自一人占据了包厢，这并不新鲜，但也不算常见。其次是因为她很漂亮，不一定是观众席中最美丽的女性，但是她的美无法定义、与众不同、难以言状，好像一句诗，它的真意总是让译者捉摸不到，如果一句诗有所谓真意的话。最后是因为，她在包厢里形单影只，四面包围着空无，似乎虚空就是她的居所，她的身影表达了极致、绝对的孤独。自从离开冰冷的地下室，死亡那么多次、那么冒险地露出过微笑，可是现在她一笑也不笑。观众中有人已经打量过她，男人怀着暧昧的好奇，女人带着嫉妒的不安，而她自己则似一只疾速向羊羔俯冲的老鹰，双眼只盯着大提琴手。不过有一点差别。这只从不失手的老鹰眼里有一层薄薄的怜悯，普通的老鹰我们都知道，猎杀出于天性使然，别无选择，但是这只老鹰，在这一刻，面对着毫无防备的羊羔，可能突然之间展开雄健的翅膀，重新腾空飞起，飞向寒冷的高空，飞向触不可及的云朵的牧群。乐队安静下来。大提琴手开始他的独奏，仿佛自己就是为了这一刻而生的。他不知道，就在包厢那个女人新近织就的包里，有一封紫色的信是写给他的，他毫不知情，也无从知情，虽然如此，他的演奏仿佛是在跟世界道别，在诉说自己一直闭口不言的东西，断绝的残梦，落空的渴望，总之，就是人生。其他乐手都讶异地看着他，指挥眼中带着稀奇与尊敬，听众闻之，叹息、战栗，那层模糊了老鹰犀利目光的怜悯，现在成了一汪泪水。独奏一结束，乐队就像一片广阔而缓慢的海水涌上前去，温柔淹没了大提琴的歌声，将其吸收、放大，仿佛要引领它进入一个境界，音乐在那里升华为沉默，升华为一声震颤的影子，那震颤贴着肌肤滑过，仿若一只飞蛾轻轻落在鼓面上，发出最后一声听不见的回响。轻薄如丝，又来意不善，骷髅天蛾飞行的样子快速划过死亡的回忆，但她用手一挥而去，那个动作既像她在地下室里让信从桌上消失的手势，又像是对大提琴手的挥手致谢，这下，他转过头朝这边看了过来，目光穿过室内那片温热的黑暗。死亡又做了一遍同样的手势，仿佛她那纤细的手指按在了那只拉动琴弓的手上。虽然心猿意马，但大提琴手一个音也没有拉错。她的手指不会再去碰他，死亡明白了，永远别去打扰沉浸在艺术中的艺术家。演出结束，观众报以欢呼，灯光亮起，指挥请乐队全体起立，然后示意大提琴手单独起立接受他应得的掌声，死亡站在包厢里，终于露出了微笑，她双手交叉抱在胸前，只是静静地看着，仅此而已，让其他人鼓掌去吧，让其他人欢呼去吧，让其他人请求指挥返场十次吧，她只是看着。然后，观众一副恋恋不舍的样子慢慢离场，乐队也同时退下舞台。大提琴手回头向包厢望去，她，那个女人，已经不在了。生活就是如此，他喃喃道。

他错了，生活不总是如此，包厢里的那个女人就在后台门口等他。有些乐手出门时还特意看了她一眼，但不知怎的，他们都感到，这个女人有一圈隐形的高压电网护身，碰到她就会像夜间的小飞蛾一样被烧焦电死。这时候，大提琴手来了。一看到她，他就突然停住了，甚至做出一个准备后退的动作，从近处看，她仿佛不是一个女人，像是来自另一个星球，另一个世界，来自月球的背阴面。他低下头，试图混在别的同事中间溜出去，但是肩上扛着的大提琴箱让他没那么容易悄悄逃走。那个女人就站在他的面前，对他说，你别躲我了，我来只是为了向你表示感谢，听了你的演奏我很激动也很愉快；非常感谢，但我只不过是一个乐队里的乐手，不是什么出名的个人演奏家，没有那么些仰慕者等了一个小时只为了能够摸到本尊或者求一个签名；如果这是个问题，我也可以跟你要签名，我没带签名本，但我这儿有一个信封，你完全可以签在这儿；你误会我了，我的意思是，你的关注让我受宠若惊，只是我自己觉得不配；观众似乎并不这么认为；纯属今天运气好吧；没错，今天运气好，而且恰巧今天我出现在你面前；我不想被当作一个不知感恩、缺乏教养的人，但很有可能等到明天你今天剩余的激动就过去了，就像你出现在我面前一样，早晚你也会消失不见的；你不了解我，我打定了主意就不会动摇；那你打定了什么主意；只有一条，认识你啊；你已经认识我了，现在我们可以说再见了；你害怕我吗，死亡问道；你让我不安，仅此而已；在我面前感到不安并不算什么；不安不一定意味着害怕，可以只是提醒自己谨慎些；谨慎的作用只是拖延必然到来的事情，早晚还是要放弃抵抗的；希望我不是这种情况；我肯定你会是这种情况。音乐家换了个肩膀背大提琴的箱子；你累了，女人问道；大提琴不是很重，最累人的是箱子，尤其这种老式的；我需要和你聊聊；我看不大方便，快半夜十二点了，所有人都走了；那边还有几个人；他们在等指挥；我们可以找个酒吧聊聊；你想象一下，我背着个大提琴箱子，挤进一个到处是人的地方，音乐家笑着说，你想象一下我的同事也都带着乐器一起去；我们就可以再开一场音乐会了；我们，音乐家问道，这个复数人称让他觉得奇怪；没错，我以前也拉过小提琴，还有我拉琴的照片呢；看来你是下定决心，每字每句都要让我大吃一惊；得看你想不想知道我能让你吃惊到什么程度了；

我的态度不能表达得更直接了；你错了，我指的不是你想的那回事；我想的哪回事，能告诉我吗；上床，和我上床；什么；对不起，如果我是个男的，听到刚才我对你讲的话，我肯定会想到那事儿，窗户纸总得有人捅破；谢谢你的坦诚。女人上前几步说，我们走吧；去哪儿，大提琴手问；我回我住的宾馆，你应该是回自己家；我不会再见到你了吗；你的不安已经没了；我从没有不安过；别说谎了；好吧，我有过，但现在已经没了。死亡的脸上露出一个微笑，微笑里却并无一丝喜悦；现在才是你最该感到不安的时候，她说；我愿意冒这个险，所以我再问你一遍那个问题；什么问题；我不会再见到你了吗；周六我还会去听音乐会的，就在同一个包厢里；节目不一样，没有我的独奏了；这我知道；看来你一切都早有计划；是的；那最后会怎样；我们才刚刚开始。一辆空出租车开了过来。那女人伸手拦下，回头对大提琴家说，我送你回家；不，我先送你去宾馆再回家；要么听我的，要么你就另打一辆车；你是不是习惯了凡事都如愿以偿；是的，向来如此；你早晚会失败的，就算是上帝，他也几乎总是事与愿违；我马上就证明给你看，我从不会失败；我等着你证明；别傻了，死亡突然说道，她的声音里隐藏着一种黑暗、恐怖的威胁。大提琴放进了后备箱里。两位乘客一路无话。出租车停在了第一站，大提琴手下车前说，我不明白我们之间是怎么回事，我觉得最好还是别再见面了；没人能够阻止我们见面；连你也不行吗，你不总能如愿以偿吗，音乐家故作嘲讽地问；连我也阻止不了，女人答道；那就意味着，你也会失败；那意味着我不会失败。司机已经下车去开后备箱了，等着客人把箱子拿出来。男人和女人没有道别，没说周六见，也没握手，像是一次充满怨气和戏剧性的粗暴分手，仿佛双方都赌咒发誓老死不相往来。音乐家肩上背着大提琴，下车远去，走进住的楼里。他头也不回，走到门口时停顿了一下，但还是没回头。女人望着他，手紧紧抓着包。出租车开走了。

　　大提琴手进了家门，愤愤地嘟囔着，疯子，疯子，她就是个疯子，生平第一次有人在后台等我，为了告诉我演奏得很好，结果是个神经病，我这个傻瓜，竟然还问会不会再见到她，简直是自找麻烦，有些性格缺点也许还值得尊重，至少配得上关注，但是虚荣真可笑，自大真可笑，我真可笑。狗跑到门口来迎接主人，他心不在焉地摸了摸它，就进了钢琴室。他打开包着大提琴的箱子，小心翼翼地把乐器拿出来，睡觉前还得重新调音，因为即便很短的汽车旅途也不利于琴的健康。他去厨房里给狗倒了些吃的，又给自己做了个三明治，就着点红酒吃了起来。最愤怒的时候已经过去了，但是逐渐取而代之的感觉也没好受到哪儿去。他回忆着女人的每一句话，说窗户纸总得有人捅破，他发现，她说的每一个字放在上下文里都讲得通，但又似乎话里有话，意思让人捕捉不到，可望而不可即，像是想喝水时水就退去，要摘果子时树枝就移开。她倒也不是神经错乱，他想，但的确是个古怪的女人，这点毫无疑问。他吃完便回到了音乐室，或者叫钢琴室，我们用这两种叫法称呼的地方，其实叫作大提琴室更符合逻辑，因为这才是音乐家挣钱糊口的乐器，可是我们得承认，这样听起来不大好，有一点掉价，仿佛自降格调似的，不过只要从大到小叫下来，你就能明白我们的逻辑，音乐室、钢琴室、大提琴室，目前为止尚可接受，但是想想看，如果开始出现单簧管室、高音笛室、大鼓室、三角铁室，我们应该在哪儿打住呢。词语之间也同样存在等级、尊卑，有贵族的封号，也有贱民的刺字。狗跟着主人进来，原地转了三圈才在他身旁趴下，那是它做狼时代的唯一记忆。音乐家根据音叉上的A音调整大提琴，温柔地帮乐器找回和谐的音准，出租车在石子路面一路颠簸，对它来说就是受了粗暴对待。有那么一会儿，他忘掉了包厢里的那个女人，准确地说，不是忘掉她，而是后台门口那番令人不安的对话，但他还是能听见出租车里剑拔弩张的言语交锋，如同沉闷的鼓点在背景里回响。包厢里的女人他忘不了，包厢里的女人他不想忘掉。他看见她站在那里，双手交叉抱在胸前，他感觉到她那死死凝视的目光扎在身上，如钻石般刚硬，她一微笑，钻石就闪光。他想到周六还会见到她，是的，会见到她，但到时候她不会起立，不会双手交叉抱在胸前，也不会远远看着他，那奇妙的一刻被克制地咽下，随着之后的一刻幻灭，当他回过头来，以为能看她最后一眼，可她人已经不在了。

音叉回归寂静，大提琴手完成了调音，电话响了。音乐家大为诧异，他看看表，快一点半了。见鬼，这个点了，会是谁呢，他想。他拿起话筒，等了几秒。这不合理，显然他应该先讲话，通报姓名或者电话号码，那头才会回答，对方多半会说，打错了，对不起，但电话里的声音竟然主动发问，是狗在接电话吗，如果是，至少请叫一声。大提琴家答道，是的，我是狗，但我已经很久不叫了，也不习惯咬人，除了厌倦生活的时候我想咬我自己；别生气，我打电话来是想请求你的原谅，我们的谈话早早就跑偏到一个危险的方向，结果我们也看到了，一塌糊涂；是某人带偏到那儿的，不是我；完全是我的错，总的来说，我其实是个平和中正的人；在我看来既不平和也不中正；也许我有双重人格吧；这方面咱俩倒一样，我既是狗又是人；讽刺的话从你嘴里说出来并不好听，我相信你的音乐听觉已经告诉了你这一点；不和谐音也是音乐的一部分，太太；别叫我太太；我只能这么叫你，你叫什么、做什么的、是什么人，我都一无所知；到时候你会知道的，着急出不了什么好主意，何况，我们才刚刚认识；你比我要超前，都有我的电话了；用电话号码查询服务就行了，接线员帮我找到的；只可惜我用的是个旧电话；为什么；如果是新的那种，我就能知道你是从哪里打给我的；我正在宾馆的房间里打给你；天大的意外啊；你的电话很旧，我得说这完全在意料之中，我一点也不惊讶；为什么；因为你的一切看上去都很老很旧，你不像是五十岁，像是五百岁；你怎么知道我有五十岁；因为我很善于猜人的年龄，从来没错过；我觉得你对自己从不失败这一点太自负了；你说得对，比如今天，我就失败了两回，我发誓这是前所未有的；我不太明白；我本来有一封信要给你，但没给成，在剧场后门或者出租车里其实都有机会的；那是封什么信；只能告诉你，这封信是我看完你排练后写的；排练你在；是的；我没看见你；那很正常，你看不见我；不管怎样，那不是我的演出；你一直都很谦虚；"只能说"和"事实上"是两回事；有时候是一回事；这里不是；恭喜你，你不仅谦虚，还很敏锐；那是封什么信；同样，到时候你会知道的；你有机会，为什么没把信交给我呢；有两次机会；对啊，为什么没给我；这也是我想知道的，也许周六我会给你，等音乐会结束，周一我就离开这座城市了；你不住在这儿吗；住这儿吗，按照你的定义，我不住在这儿；我一点也不明白，跟你说话就像掉进了一个没有出口的迷宫；喏，这是对人生的一个极佳定义；你又不是人生；我比人生简单得多；有人写过，人生就是当时当下的每一个人；没错，当时当下，也仅限当时当下；真希望后天这些乱七八糟的事儿都能得以澄清，那封信，你不给我的理由，这一切，我受够了那么多的谜；你所说的谜常常是一种保护，有的人当作盔甲，有的人当作谜；不管是不是保护，我想看看那封信；如果我不失败三次，你会看到的；你为什么会失败三次呢；如果失败了，只可能跟前两次出于同样的原因；

别跟我玩猫捉老鼠的游戏了；那个游戏里，猫最终总能抓住老鼠；除非老鼠想办法在猫脖子上系了一个铃铛；很好的解答，很好，但这不过是个白日梦，动画片里的一种幻想，即便猫睡着了，也会被铃声吵醒的，然后就永别了，老鼠；我就是那只你道永别的老鼠吧；如果我们在玩这个游戏，总得有一个人是老鼠，而我在你身上既看不到猫的外形也看不出猫的狡猾；所以我这辈子就注定做老鼠了；只要这辈子还没完，你就是的，一个老鼠大提琴手；一个新的动画片形象；你没发觉，所有的人类都是动画片形象吗；那也包括你略；你已经看过我长什么样了；一个漂亮的女人；谢谢；不知你察觉到没有，我们的通话听起来很像调情；如果宾馆接线员没事儿偷听客人的电话解闷，她一定也会这么认为；即便是调情，也不必害怕有什么严重的后果，一个包厢里的女人，我到现在还不知道她的名字，周一就要走了；而且走了就不再回来；你确定吗；很难再出现同样的理由让我来了；很难不等于不可能；我会尽我所能不来第二趟；不管怎么说，来一趟还是值得的；什么；对不起，不太礼貌，我的意思是说；你不用费劲跟我客气，我习惯了，而且你刚才想说什么也并不难猜，但是，如果你认为应该给我一个更完整的解释，或许周六我们可以继续聊下去；周六之前我都见不到你了吗；见不到了。电话挂断了。大提琴手望着手上的话筒，话筒都被他紧张得汗湿了，我一定是做了个梦，他呢喃道，这种冒险奇遇不该发生在我身上。他放下电话，然后，

187

对着钢琴，对着大提琴，对着书架，大声问道，这个女人想让我怎样，她是谁，为什么出现在我生活里。狗被吵醒了，抬起头来。它的眼睛里有答案，但是大提琴手没注意到，只知在屋子里踱来踱去，他的神经比先前更加躁乱不安了，而狗的答案是这样的：你这么一提，我模模糊糊想起来，自己曾经睡在一个女人怀里，可能就是她；谁的怀里，什么女人，大提琴手会问；你当时在睡觉；在哪儿；就这儿，你的床上；那她呢，她在哪儿；就在那边；你真会讲笑话，狗先生，已经多久没有女人进过这个房子、这间卧室了，来，你说说看；你应该知道，犬类对时间的感知跟人类不尽相同，但我的确感觉离上次有女人睡在你床上已经过去很久很久了，没有挖苦你的意思，事实如此；所以是你做梦梦到的；很有可能，狗都是不可救药的做梦者，我们睁着眼都能做梦，只要隐约看到暗处有什么东西，我们马上就会想象，那是一个女人，然后跳到她怀里；狗的胡思乱想，大提琴手也许会说。即便说的不对，狗回答道，我们也不抱怨。死亡在她的宾馆房间里，一丝不挂，站在镜子面前。她不知道那是谁。

第二天，女人始终没有打电话来。大提琴家没出门，在家等着。一夜过去，一夜无话。大提琴手比前一晚睡得更糟了。星期六早上出门排练之前，他的脑子里产生了一个异常艰辛的计划，他想去附近的宾馆挨个打听，有没有一位女住客长这个样子，有一头这个颜色的头发，一双这个颜色的眼睛，这个形状的嘴巴，这样的微笑，这样的手势，但他随即放弃了如此疯狂的想法，因为显然那样会被立刻回绝，对方一副无法掩饰的怀疑神色，干巴巴地说一句我们没有权利透露您要的信息。排练进行得不好也不坏，纸上写什么他就拉什么，尽量不要犯太多错误。排练一结束，他就匆匆赶回家里。他在想，如果自己不在的时候她打电话过来，想留言却连个破烂的答录机都找不到；我不是五百岁的人，我就是石器时代的穴居人，所有人都用答录机，除了我，他嘟囔道。如果要证明她之前没有打来过，之后的几个小时给了他证据。按理说，如果打了电话没有人接，那还会再打来的，但那个该死的电话一个下午都静默无声，无视大提琴手投来愈加失望的目光。没关系，这一切只说明，她不会打电话来了，也许由于这样或那样的原因，她没法打电话，但还是会去音乐会的，他们两人会乘同一辆出租车回来，就像第一场音乐会后那样，到了这边，他会邀请她来家里，平平静静地聊会儿天，她终于递上那封诚惶诚恐的信，然后两人发觉信里的溢美之词很好笑，虽说当时他并没有看见她，但信的确是她看完彩排后整个人裹挟在艺术激情之中写下的，他会说自己不是什么罗斯特罗波维奇[1]，而她会说未来是不是谁知道呢，当他们没有别的什么可聊，或者嘴上在说一件事心里开始想另一件事，这时候就看能不能发生点什么，

1　姆斯蒂斯拉夫·列奥波尔多维奇·罗斯特罗波维奇，俄罗斯著名演奏家、指挥家，二十世纪最杰出的大提琴演奏家之一。

等我们老了仍然值得回忆了。大提琴手正是以这样的精神状态离开家，来到剧场，以这样的精神状态走上舞台，在自己的位置坐下。包厢里空无一人。她迟到了，他对自己说，应该快来了，这会儿还有人在陆陆续续进场。没错，已经坐下的人起身让道，迟到的人为造成这样的麻烦向他们道歉，然后找到自己的座位坐好，但那个女人没有出现。也许得等到幕间休息。什么也没等到。包厢始终空着，直到演出结束。但是，还有一种合理的希望，既然她没能来看演出，理由她自会解释，那么有可能她会在外面等他，就在后台出口处。希望的宿命不是被实现，而是产生更多的希望，所以即便世上有那么多的失望，希望还是无法断绝，她可能就在他住的楼前等他，嘴上挂着微笑，手里拿着信说，这是给你的，言而有信。但她也不在那儿。大提琴手像个机器人似的走进家门，很老的那种第一代机器人，你叫他动一条腿，他才自己知道动另一条腿。他推开上前欢迎自己的狗，放好大提琴，就在床上仰面躺下。长点记性，他想，什么时候能长点记性，你这个蠢货，你表现得像个十足的笨蛋，你把那些话理解为你所希望的意思，其实它们并不是那个意思，真正的意思你不明白，也永远不会明白，你相信的微笑不过是刻意为之的肌肉收缩，你忘了自己其实已经五百岁了，尽管岁月一直好心提醒你这一点，现在，看看你，像个废物一样，躺在床上，你本来还指望她也能躺上来，现在她正嘲笑你可悲的样子，笑你变成这样一个无药可救的傻瓜。

狗已经忘了先前被拒的伤心，现在又跑来安慰他了。它将前掌撑在床垫上，将整个身子拉上来，主人的左手正瘫放在那里，像一件毫无用处的废弃品，轻轻地，狗把脑袋枕在他的左手上。它本来会舔舔那只手，然后再舔舔，狗通常都会这样，但是这次，天性中善良的一面保存了特别的敏感，使它能够想出不一样的动作来表达那些永远不变的独特情感。大提琴手转向狗这一边，移动、扭转身体，最后自己的头离狗的头只有一拃宽，他们就这样待着，看着对方，彼此倾诉却无须言语：仔细想想，其实我压根儿不知道你是谁，但这没关系，重要的是我们互相喜欢。大提琴手的痛苦渐渐退去，其实，世间随处都有这样的情节，他等待，她没来，她等待，他没来，而对我们这些没有信仰的怀疑论者来说，宁愿断一条腿也不要有这样的经历。说起来容易，但最好还是别说，因为言语常常表达跟字面完全相反的意思，就像很多时候男男女女咒骂说，我恨她，我恨他，说完这话又泪如泉涌。大提琴手坐在床上，抱着狗，狗把爪子搭在主人膝头，这是它新想出的姿势，用来表达同情，大提琴手像是斥责自己似的说道，有点尊严，拜托，别戚戚哀哀了。然后又对狗说，你饿了吧，肯定的。狗摇着尾巴说，是的主人，我早就饿了，有好几个小时没吃东西了，于是他俩进了厨房。大提琴手什么也不吃，没有胃口。如鲠在喉，难以下咽。半小时后，他回到床上，上床前吃了片药帮助入眠，可是并没有用。醒醒睡睡，睡睡醒醒，他总觉得自己追在睡眠后面，想赶上抓住它，以防失眠来占据了床的另一半。他没有梦到包厢里的女人，但是有那么一刻，他醒来了，看见她站在音乐室的正中间，双手交叉抱在胸前。

第二天是周日，周日是带着狗出去玩的日子。爱须用爱来回报，狗仿佛在对他说，它嘴里咬着绳子，迫不及待要出去玩了。到了公园，大提琴手朝自己平常坐的长椅走去，他远远看见，那里已经坐着一个女人。公园里的长椅都是公共的，随便坐，一般不要钱。我们不能对先到的人说，这张长椅是我的，麻烦你换个地方坐。像大提琴手这种教养良好的人，决不会那么做，尤其当他感觉自己认出了那个人，正是那个一等包厢里的女人，那个爽约没来的女人，那个自己前一晚看见站在音乐室正中间双手交叉抱在胸前的女人。我们知道，人上了五十岁，眼睛就没那么可靠了，我们开始眨眼或眯着眼睛，仿佛是想模仿荒蛮西部的英雄或者古代的航海家，骑在马背上或是站在快帆船的船头，手搭凉棚，扫视遥远的天际线。这个女人装扮不同，穿的是裤子和皮衣，一定是别的什么人，大提琴手心里这样告诉自己，但是心的眼睛更加明亮，告诉他说，睁大你的眼，就是她，现在看你怎么表现。女人抬起头来，大提琴家不再怀疑，就是她。早上好，他在长椅前停下说道，今天什么事都可能发生，但绝没想到会在这里遇见你；早上好，我是来跟你道别的，并为昨天没去音乐会向你道歉。大提琴手坐下来，取下牵狗的绳子说，去吧，眼睛并不看那个女人，回答道，你不用道歉，这种事常有，大家买了票，但之后因为这样或那样的事情没有去，很正常；那关于我们之间的道别，你就没什么想说的吗，女人问；你准备跟一个陌生人道别，真是非常客气，不过我还是无法想象，你怎么知道我每个周日都会来这个公园的；关于你的事，很少有我不知道的；拜托，我们别又开始周四那种荒唐的对话，像在剧场门口和后来在电话里那样，你根本不了解我，我们之前也互不认识；别忘了，之前我去看了你的彩排；我也不明白你是怎么进去的，指挥对于场内的闲杂人等非常严格，现在你别告诉我你也认识他；不及我对你的了解，你是一个特例；真希望我不是；为什么；想让我告诉你吗，真的想让我告诉你吗，大提琴手问道，他很激动，近乎绝望；是的；因为我爱上了一个我毫不了解的女人，她一直以来把自己的快乐建立在我的痛苦之上，而她明天就要走了，不知去哪里，我也不会再见到她；我今天就走，不是明天；更加过分；我并没有把快乐建立在你的痛苦上；就算没有，你也装得很像是那样；至于你爱上我，别指望我答复你什么，有些词是禁止从我嘴里说出来的；又一个谜；谜还多的是；我们这一别，谜题都会解开吧；新的谜又会出现；求你放过我吧，别再折磨我了；那封信；我不想知道什么信了；就算你想知道，我也没法给你，我把信落在宾馆了，女人微笑道；那你就撕了吧；我会好好想想怎么处理的；不用想了，撕掉，完事。女人站起身来。你这就走吗，大提琴手问。他一动未动，低着头，还有话要说。我还没碰过你呢，他喃喃地说；是我不让你碰我的；你怎么做到的；对我来说并不难；现在也不行吗；现在也不行；至少握个手吧；我的手很凉。大提琴手抬起头。那个女人不见了。

男人和狗早早离开了公园，买好三明治带回家吃，阳光下的午睡没有了。那个下午漫长而忧伤，音乐家拿起一本书，读了半页，又扔到一边。他在钢琴前坐下想弹琴，手却不听使唤，双手麻木、冰凉，如死了一般。他又转向心爱的大提琴，这回是乐器本身拒绝了他。他在椅子上打了个盹儿，盼望能陷入无休无止的睡眠，永远不再醒来。狗趴在地上，一直等待着指令，却什么也没等到，它看看他。也许主人的消沉跟公园里的那个女人有关，它想，俗话说眼不见心不烦，看来这话不对。俗话常常误导我们，狗得出结论。十一点钟，门铃响了。邻居有事要帮忙，大提琴手边想边起身去开门。晚上好，包厢里的女人站在门口说；晚上好，音乐家努力控制住喉头的一阵痉挛回答道；你不让我进来吗；当然，请进。他往边上一让放她过去，然后把门关上，每个动作都很慢，很慢，以防心脏爆炸。他两腿打战地陪她走进音乐室，发抖的手给她指了个座位。我以为你已经走了，他说；这不，我决定留下了，女人回答；但你明天还得走；我是这么打算的；我猜你是来送信的，信你没撕；是的，信就在我这包里；那就给我吧；我们有的是时间，我记得跟你说过，着急出不了什么好主意；悉听尊便，你说什么我做什么；你是认真的吗；认真是我最大的缺点，我说什么都很认真，甚至说笑的时候，不，尤其是我说笑的时候；那我就斗胆提一个请求；什么请求；弥补一下我昨天错过的音乐会；我不知道怎么补；那儿有一架钢琴；算了吧，我钢琴弹得一般般；或者大提琴；那就另当别论了，行，你要的话我可以拉一两首曲子；我能选曲子吗；可以，但得是我力所能及的。女人拿起巴赫的第六号组曲的乐谱说，就这个了；这首曲子很长，有半个多小时，现在已经有点晚了；再说一遍，我们有的是时间；序曲里有一段我觉得有点难；没关系，到了那一段跳过去就好了，女人说，或者根本不需要，你会发现，自己比罗斯特罗波维奇还要出色。大提琴手微笑道，没问题。他翻开架子上的乐谱本，深呼吸，左手搭在琴颈上，右手执琴弓几乎要挨着琴弦，然后开始演奏。他很清楚，自己不是罗斯特罗波维奇，他不过是乐团里的一个乐手，节目恰巧需要时才有机会独奏，但在这里，在这个女人面前，狗趴在他的脚边，时已入夜，此时此分，周围摆满了书、曲谱和歌本，他就是约翰·塞巴斯蒂安·巴赫本人，正在科腾谱写那首后来称为第一千零一十二号作品的曲子，其作品之多几乎可跟上帝创世相比。他轻而易举地度过了困难的那段，都没注意到自己完成了如此壮举，幸福的双手让大提琴低语、畅谈、高歌、咆哮，这是罗斯特罗波维奇所没有的，这间屋子，这个钟点，这个女人。一曲终了，她的双手不再冰凉，而是烫如火烧，因此手手相牵的时候，没有感到任何异常。凌晨一点多，大提琴手问，要我叫辆出租车送你回宾馆吗，女人回答说，不，我留下来陪你，然后献上了双唇。他们走进卧室，脱下衣服，之前写到可能发生的事终于发生了，一回，再一回，又一回。他睡着了，她没有。这时，她，死亡，从床上起来，打开留在音乐室里的包，取出那封紫色的信。她四下打量，看哪里可以摆信，钢琴上，大提琴的琴弦之间，或者就在卧室里，那个男人睡觉的枕头下面。她哪儿也没摆。她来到厨房，划着一根火柴，一根普普通通的火柴，其实她用眼神就能叫信消失，化作一堆细碎的灰烬，她用指头轻轻一碰就能让纸着火，然而到头来只有一根火柴，一根日常使用的普通火柴将死亡的信点燃，那封信只有死亡才能摧毁。没有灰烬留下。死亡回到床上，搂住那个男人，她也不知道自己是怎么了，从不睡觉的她感到睡意轻轻拉下了她的眼皮。第二天，没有人死去。

"上帝·祖国·家庭"：
萨拉马戈小说创作的黑匣子
——代《死亡间歇》译后记

只有葡萄牙人才能写出的故事

作为小说家的若泽·萨拉马戈，给人的印象是一个惯于盗用上帝身份的黑客。他只消在历史与现实的流动中插入一条反常的设定，输入一行颠覆的代码，看似稳定的文明就在这奇幻的一点上开始坍塌，支配社会运行的诸般"天经地义"在我们惊讶的注视下暴露出自身的荒诞与脆弱。从这个意义上而言，《死亡间歇》又是一部典型的萨氏作品。虽说相比《修道院纪事》《里卡尔多·雷耶斯离世那年》，它没有宏观与微观叙事之间复杂精巧的多线穿插，相较《失明症漫记》《复明症漫记》，也缓和了批判的火力和视角的悲观，但是在这部小说简短的篇幅和清晰的二分结构中，读者仍能不乏惊喜地领略到萨拉马戈经典的表达方式与思想旨趣。

故事的前四分之三从多个角度记录了一幅"死亡间歇"的社会图景：某年某国，从元旦午夜开始，死亡不限期中止了服务。突如其来的"长生不死"并没有让国民高兴太久，奄奄一息的病人求死不得，殡葬行业全军覆没，保险公司前途黯淡，养老院的数量将无限增长，直至经济无法支撑，天主教会面临信仰崩溃……有一位濒死的老者让家人将自己偷偷运送到邻国边界，这桩成功的"自杀"迅速引得民间纷纷效法，而国家对于边境的管控使得黑社会组织趁虚而入，成了此类灰色业务的实际经营者，并通过暴力恐吓逼迫政府默许他们的垄断。有一天，国家电视台的台长收到一封"死亡"本人的神秘来信，令其通知全国，死亡将于当晚零点恢复正常，并且今后将死之人都会提前一个礼拜收到信函通知，以便料理后事。

　　全书的后四分之一将镜头拉近，家国背景下的死生大事最终在个人层面上做了了结：不知什么原因，一位大提琴演奏家的死亡通知几次三番被退回，这位"命中注定"英年早逝的艺术家便如此浑然不觉地逍遥于生死铁律之外。为了一探究竟并伺机再次投信，死亡化身为一个女人，走进了大提琴家的生活。二人经历了一段奇妙的情缘之后，死亡烧毁了准备好的信件，于是故事又回到了开头：第二天，没有人死去。

　　《死亡间歇》这种并不言明何年何月、哪国哪代的模糊设定在萨拉马戈一生讲过的故事中并不占多数，因为正是强烈的历史感、鲜明的国族身份和张扬的政治观点构成了作者表达欲的核心。在点评自己的作品《石筏》时，萨拉马戈坦言，"大概只有一个葡萄牙人才能写出这本书"，小说大胆的想象、温情的故事和耐人寻味的隐喻背后，是一个葡萄牙人从自己的历史视角出发，对伊比利亚身份认同的独特感知。其实，萨拉马戈的其他作品，又何尝不是"只有葡萄牙人才能写出"的故事呢？

　　出生于1922年的若泽·萨拉马戈作为小说家大器晚成，五十多岁才开始全职写作并形成自己的特有风格，而他的前半生几乎与二十世纪西欧最长久的独裁统治——萨拉查时期大致重合，这构成了他大部分的人生经验与思想资源。安东尼奥·德·奥利维拉·萨拉查统治葡萄牙长达三十六年之久，并建立了以"上帝、祖国、家庭"为口号的"新国家"体制（Estado Novo），在天主教会的明帮暗助之下，施行保守的政治路线，打压葡萄牙共产党等反对派，并不惜以战争手段强行保留所谓的"海外省"。为了配合对内威权统治和对外殖民主义的需要，"新国家"的宣传机器着力烘托卡蒙斯、赛巴斯蒂昂等本国民族主义情结中的核心形象，无形间将萨拉查捧为葡萄牙的政治弥赛亚。1974年4月25日，一场中下层军官领导的政变"康乃馨革命"推翻了几十年的独裁政府，结束了旷日持久的殖民地战争，然而萨拉查时期的意识形态遗产却难以在一夜之间烟消云散。葡萄牙人的心智依然闭塞，感情依然怀旧，帝国主义的思维根深蒂固，民族主义的幽灵挥之不去。葡萄牙人需要以新的目光展望未来，而这首先需要有新的历史重新讲述。就此而论，萨拉马戈的创作就是在一砖一瓦地拆毁前政权留下的思想之墙，颠覆传统的历史叙述。

于是，我们在《拔地而起》、"历史三部曲"、《大象旅行记》等作品中，看到了作者无情地嘲讽天主教会的腐化堕落，宫廷政治的蝇营狗苟；史书上光辉伟大的葡萄牙帝国，其实是建立在奴隶贸易和殖民地掠夺的基础之上；萨拉查政府用经济稳定和社会秩序交换人民的沉默与顺从，看不见的代价是警察治国的粗暴与黑暗，就连与世无争的里卡尔多·雷耶斯也难以幸免，遭到臭名昭著的PIDE（国家安全警备总署）的盘查。

那么在《死亡间歇》这种无朝无代的故事里，也有葡萄牙人才有的恐惧和回忆吗？从背景设定上而言，它与《失明症漫记》颇为相似，然而后者受到的普世欢迎与诺贝尔奖认可并不能掩盖作者的具体指涉。同样，"死亡间歇"的奇事似乎发生在某个难以对号入座的西方国家，但萨拉马戈终归是萨拉马戈，其标志性的讽刺俯拾即是，对"上帝、祖国、家庭"的挑战也不会因为隐去了历史语境的交代而有失猛烈。

"上帝"

从小说情节中不难推敲，死亡暂停的国度是一个以天主教为官方宗教的国家。萨拉马戈是共产党员、无神论者，但在他生平访谈中论及信仰时，他仅仅是平淡地表示，自己不过是看不到并且不相信上帝罢了。但是，在小说写作中火力全开的萨拉马戈，更多的时候是一位激进的教会批判者。作为一套庞大、僵化且与政治暧昧不清的体制，天主教会失去了信仰的真诚而沦为了名不符实的社会机构。于是，在萨拉马戈的理解中，他们的教义不过是统治者信手拈来的洗脑工具，他们的圣礼更是落后、反动的中世纪遗留。

当然，要否定无限的上帝，在哲学层面是不可能的命题：然而要羞辱有限的人类，作者的手法是自助盗取上帝的席位，一开始就暂停死亡，来戏耍因为没有死亡便没有复活而惶恐自危的教士阶级。在"死亡间歇"刚一爆发的时刻，全知全能的叙述者便带领读者"窃听"了红衣主教与国家首相的秘密通话，而主教的形象与任何一个不问民间疾苦、只顾自身地位的犬儒政客毫无二致。死亡恢复后，因为濒死者可以提前一周收到信件通知，人群中的恐慌情绪有增无减，这时，作者更是津津有味地将教堂描绘成了人民的精神鸦片馆：

> 教堂里人流络绎不绝，忧伤懊悔的罪人排成长龙，队伍像工厂流水线一样此消彼长、源源不断，在教堂的中殿里整整绕了两匝。聆听告解的神父一刻不停地工作，有时会因为疲倦而走神，有时又突然被讲述中丑恶的细节惊醒，最后总是走过场般代祷悔

罪，不知多少句"我们的天父"，多少句"万福玛利亚"，然后匆匆完成了赦免。……不过，某些神父待在难闻、阴暗的告解室里纯属强打精神，上帝知道那是费了多大力气，因为就在当天早上，这些神父也收到了紫色信封，因此，他们有充分的理由怀疑自己当时正在宣讲的快慰良言。

相比争议极大的《耶稣基督福音书》和《该隐》等公然渎神的作品，创作此书时的萨拉马戈已算收敛锋芒。作为不信者，萨拉马戈自然无法认同《圣经》的真实性，《死亡间歇》中作者也认为，自己关于死神的编造和德古拉的传说、耶稣的复活一样，同样是传说的性质；作为姿态激进的知识分子，萨拉马戈更是猛烈批判教会与权力的勾结所造成的一切不公，而消解《圣经》的权威，是其撼动天主教会在欧洲的历史地位与社会影响力的必需手段；作为思想家，萨拉马戈并没有在形而上学层面"杀死上帝"的野心，如果长远的愿景是拆除"新国家"时期留下的意识形态，那么他的攻击目标更多是指向作为思想资源留存在民族语言与文化深处的天主教，就像书中两次表达"进退两难"的意思时，作者都有意戏谑地重复使用了源于宗教传统的葡语习语："一面是十字架一面是圣水缸"，对"神圣事物"举重若轻的使用，是萨拉马戈讽刺、消解最常见的手法。

"祖国"

小说中的诸多细节都暗示我们，"死亡间歇"所发生的无名国家与萨拉查政权所宣传的"祖国"有很多"不巧"的重合。死亡回归后，养老院的管理层大大松了口气，于是"低调地来一杯波尔图或马德拉红酒"以示庆祝；叙述者在感叹黑手党的手段卑劣时，引用的是卡蒙斯《葡国魂》（也称《卢济塔尼亚人之歌》）中怪兽阿达玛斯托的诗句；死亡提前一周通知死期，于是"恐慌的不仅是平均每天被噩运敲门的三百人，也包括其余的九百九十九万九千七百人"，而葡萄牙的人口恰好是一千万。不过，作者也故意做了一些转移视线的处理来模糊聚焦，例如交代该国接壤三个国家，并不临海，所以也没有海军，首都地区的面积与狭小的国土不成比例，如此看来，它仿佛是葡萄牙的人文环境与拉美某国（例如玻利维亚）地理条件的结合。

当然，作者对自己的批判对象从来不模糊，萨拉马戈冷嘲热讽背后的矛头所指，是独裁者将祖国偶像化、人民主权抽象化、煽动仇外情绪、转移国内压力的政治伎俩，爱国主义成了流氓的最后一块遮羞布（在一个共产主义者眼中更是如此）。当黑手党买通政府垄断了跨境死人运输，镇守国界的军队就成了掩人耳目的摆设，一场极其类似"康乃馨革命"的士官哗变悄然酝酿，就在这时，有人利用邻国加强边防的动作大做文章，民族主义的狗皮膏药再次奏效，这激昂中透着滑稽的一幕令人玩味：

> 他们纯粹是嫉妒我们，在商店、家中、广播、电视、报纸上，谈到、听到、读到的都是这样的论调，他们嫉妒，在我们的祖国没有人死去，所以妄想入侵、占领我们的国土，也好长生不死。两天后，士兵们举着迎风招展的旗帜全速开赴前线，一路唱着爱国歌曲，有《马赛曲》《光明在望》《丰特的玛丽亚》《宪章之歌》《你看不到一个国家》《红旗歌》《葡萄牙人》《天佑英王》《国际歌》《德意志之歌》《沼泽地之歌》《星条旗之歌》，他们回到之前撤离的岗哨，武装到牙齿，坚定守候着迫近的攻击与荣耀。但什么也没有。没有荣耀，也没有攻击。

大概很少有人会知道"丰特的玛丽亚"是什么典故，更不容易理解为什么它会与法、西、意、英、德、美标志性的爱国歌曲相提并论，除非读者是一个葡萄牙人，并下意识里认同这是一个葡式的政治事件。其实不止在葡萄牙，在萨拉马戈眼中，所有的法西斯政权都在以"祖国"的名义玩着类似的把戏，国家利益可以是口号，是歌曲，是铺天盖地的媒体宣传和民众动员，却唯独难以落实为每一个具体公民的尊严与福祉。

当小说里的黑手党也煞有介事地谈论起民族大义与国家主权时，作者的讽刺辛辣到了极致：

> 任何一国的黑手党如果直接与别国政府谈判，都是不可接受的，甚至应该受到谴责。无论如何，目前事态还没发展到那种地步，国家主权神圣不可侵犯，这一原则对于黑手党和各国政府同等重要，对于政府而言，这点似乎不言而喻，但黑手党是否还残存最后一点谦卑，是否还尊重这一原则，或许就有人存疑了，但怀疑的人一定是忘了，黑手党是以多么令旁人汗颜的魄力保卫自家领地，击退异国同行的不轨图谋的。

在招摇过市的官方辞令背后，"国家"的概念只是为社会群体瓜分利益提供了厘定界限的参考，在这个意义上，主权神圣不可侵犯才会"对于黑手党和各国政府同等重要"。

回到二十一世纪的现实当中，一个国家四境之内的"死亡间歇"并不完全是异想天开的传奇故事。一定程度上说，它是欧洲老年化危机与安乐死问题的进一步推演，而表面上和平联盟的欧洲，由于各国社会福利与公共政策的差异，利益分配不均滋生了或明或暗的争端与分歧，玩弄民族主义的政客也借此找回了市场。相比之下，公共讨论当中突显的价值冲突与伦理争议不过是次要的重点，甚至是骗人的幌子。萨拉马戈身后的十几年，世界更是见证了诸多的公共卫生危机如何演变为无耻的政治表演。隐形的死亡，微观的病毒，无言的恐惧，都可以被无所敬畏的政客或神棍征用驯化，他们撒谎，他们掠夺，他们暴富，他们将社会改造为囚笼，而转眼之间，当民族主义的鬼魂吹响号角时，他们又可以摇身一变成为万人仰赖的救星。如此看来，萨拉马戈对于死亡的这场噩梦，如同先知的异象一般震撼；站在世纪之交，站在欧亚大陆的天涯海角，一个葡萄牙人天马行空的梦话也可以振聋发聩。

"家庭"

正是在这样的批判视角下，萨拉马戈对传统的"家庭"价值观发起了终极挑战，试图拆解"新国家"意识形态的第三根柱石。奇特的死亡停摆现象不仅像"失明症"一样，瞬间揭穿了文明的脆弱、政府的伪善和资本主义根植于基因里的无情，也暴露了人性自私、残忍的黑暗本色，以及相形之下道德制约的薄弱与道德话语的虚伪。在死亡罢工的初期，一家农户在濒死者本人的要求下，趁着夜色悄悄实施了第一宗越境"安乐死"，于是其他垂死病人的家属争相仿效，甚至不惜付钱给黑手黨，好摆脱病榻之上离死亡遥遥无期的家人。但是当这种做法普遍传开后，家属又有了新的顾虑，黑手黨顺风顺水的生意突然断流，这倒不是因为家属良心发现：

> 从前可以做得神不知鬼不觉，只需趁着夜间一片
> 死寂，把濒死的亲人悄悄运走，邻居们无从得知病人
> 是依旧在病榻上煎熬，还是人间蒸发了。……现在彻
> 底不同了，去世的人有死亡证明，墓碑上刻着死者姓
> 甚名谁，几小时内，好忌妒、爱说闲话的邻里乡亲就
> 会知道，爷爷死了，而方法只有一种，简单说，正是
> 自家那些冷血、无情的亲人，把他送上了边境。这让
> 我们羞愧难当，家属承认道。

可见，当家庭伦理失去了核心的爱与忠诚，剩下的只有一
套道德舆论的空壳，压在人的面子而非良心上。糊弄一个想被
糊弄的人，没有什么比这更简单。作者交代了半天的"危机"
最终轻松地得到了解决："死者都是自愿赴死的，所以在死亡证
明上，死因将登记为自杀。水龙头又打开了。"

萨拉马戈笔下的小说人物，并不全都缺少人性和温情，
但是那些救赎式的爱和超越性的感情，往往没有被安放在传
统的家庭关系之中。例如《死亡间歇》中的大提琴手就是个年
近五十的单身汉，唯一的生活伴侣是他的狗，而这样一个人与
"死亡女士"电光石火的爱情却似乎翻转了人类的命运；《失明
症漫记》中医生的妻子虽然已婚，但在妻子的角色之外，她还

是唯一有视力的人，在故事中扮演着向导、目击者乃至上帝，她目睹绝望之中的丈夫与妓女发生关系，心里慨叹的却是人类的命运；《石筏》中环游全岛的五个主角，最终发展为两对情侣加上孤独的老佩德罗，在佩德罗最后的日子里，团队中的两位女性慷慨献身慰藉了他，之后她们发现自己怀孕了，全伊比利亚的女人都怀孕了，这永远解不开的亲子关系之谜凝结象征了萨拉马戈超越个人、超越家庭、超越国族的乌托邦理想。

不是出路的出路

不可否认，包括《死亡间歇》在内的所有小说都承载着萨拉马戈露骨的意识形态表达，作者在法西斯独裁下的生活经验和共产主义者在西方政治谱系中的边缘地位更是强化了读者对这一方面的联想和解读。然而从根本上说，萨拉马戈首先是一位人本主义作家，正如1998年他在法兰克福书展上声称，自己是个作家，恰巧是个共产主义者，而不是相反[1]。这并不代表着两种身份互相冲突，其实大部分时候，它们是同一枚硬币的两面。

一方面，萨拉马戈以共产主义者的姿态否定救世主和一切的神仙、皇帝，更准确地说，是要消解一切人为制造的神圣，

1　该报道见于1998年10月8日葡萄牙《公报》（*Público*）。

彻底暴露人性的罪恶。他所使用的武器不仅是充满机智与讽刺的小说内容，也包括取消标点、段落、大写的文字形式，就此而言，萨拉马戈的文风本身就是高度意识形态化的。人的姓名、政治头衔、王室尊称，甚至罗马天主教会的缩写，通通都用小写，而小说中，人格化的死亡也跟作者有一模一样的"坏毛病"，这甚至引来了一位语法学家在报纸上的公开批评：

> 更严重的问题是句法混乱，省略句号，需要的地方不打括号，分段极为不清，逗号乱点，尤其罪无可赦的是，有意甚至恶意地不用大写，就连该信的署名也用小写取而代之。

熟悉萨翁的读者看到这一情节也许会心一笑，这不是在谈论死亡，根本就是在描述萨拉马戈本人。同样是从上帝视角戏弄人类的淘气鬼，同样是藐视所有规则、嘲讽一切神圣的叛乱者，某种程度上，萨拉马戈就是这位"死亡"。

另一方面，败坏的人性所造成的罪恶秩序在哪里寻得拯救呢？作为人文主义者的萨拉马戈到头来还是把希望押在了人性之中的怜悯与博爱上，换言之，在萨翁看来，人性的堕落还要指望人性的超越来救赎。《死亡间歇》里，叙述者在指出了家人至亲的自私、绝情之后，又讲了一遍"木碗"的老故事：一对夫妇恶待老父亲，嫌他年老哆嗦弄脏了餐桌，给他一只木碗让其坐在门口的台阶上吃饭。儿子有一天在家里雕刻木头，父亲好奇他在干什么。

> 儿子头也不抬地回答说，我在做一个碗，等爸爸老了，手哆嗦了，像爷爷一样被叫去门阶上吃饭的时候用。这是大有能力的圣言。爸爸眼上的鳞片纷纷掉落，终于得见真理与光明，他立即去请求父亲的原谅，等到晚餐的时候，又亲手扶老人家落座，亲手拿着勺子将饭食喂到老人嘴边，亲手温柔地给老人擦拭下巴，因为父亲已经做不到这些了，但他还可以。

这则道德寓言的内容无甚新奇，值得注意的是作者刻意的讲述方式，在儿子说出最关键的那句话时，萨拉马戈完全是在用宗教术语表现人性的自我省察与奇妙救赎。萨拉马戈的世界里当然没有神，所以人类知道彼此相爱就是最大的神迹奇事了。这就可以解释为什么"死亡"第一次在大提琴手家里看到巴赫的D大调第六号组曲乐谱时那般激动、失控："它就像贝多芬的第九交响曲一样，曲调里充满了欢乐、人类的团结、友谊和爱。"所以在死亡面前，人类的尊严来自哪里？究竟是什么感化了"死亡女士"？与其说萨拉马戈在夸大艺术的力量，不如说这里再次表达了作者对"人类的团结、友谊和爱"的终极信仰，它是艺术和艺术家的价值根源。这么看来，萨拉马戈同时也是大提琴手。

这就是故事后四分之一的有趣和张力所在。一个看穿人性，扫荡旧世界，摧枯拉朽；一个承载人性，卑微地生活，浪漫、自由。两者最终和解，相爱了。悲观与希望，堕落与救赎，同系于一处，即人性本身。这显然是矛盾的，但这矛盾不只属于萨拉马戈。人文主义抬出"爱"的光辉对抗世界的黑暗，以乌托邦反乌托邦是二十世纪没有逃脱的路数。

在萨拉马戈一生的批判与表达中，他向保守的旧世界火力全开，拆解起传统价值毫不留情，然而他所梦想的没有个人凌驾于个人之上、没有国家凌驾于国家之上的秩序，在所有严格实践该主义的地区，无不以空前的灾难与更大的不平等收场。很显然，人性经不起对关系和义务的彻底消解，绝对自由与绝对公平的高歌猛进，往往是极大人伦悲剧的前奏。拆毁人造的神坛不等于没有真正的神圣，历史深渊里回响的咆哮，多是出笼的人性巨兽。如果死亡也不足以让人心怀敬畏地审视宇宙与自身，如果人真的可以僭越生死，或出于权力的逻辑武断规定"第二天，没有人死去"，其结果必然是对生命尊严的残酷践踏，无论它起初源于怎样的悲天悯人者的畅想。

当然，这些并不会抹杀萨拉马戈带给我们的震撼与思考。在这个葡萄牙人生命旅程的黑匣子里，每个人或许都能读出自己时代的荒诞与悲剧。威权专制的记忆看似远离了萨拉马戈所生活的西方社会，然而今日的世界并没有彻底告别昨日的噩梦……《死亡间歇》里的故事还在现实中不断发生，萨拉马戈也没有过时，很长的岁月里，我们仍会欣赏他的睿智，钦佩他的犀利，铭记他的义愤。

符辰希

2017年10月于圣巴巴拉

2022年7月修订

人物如何当上师父，而作者成了他们的学徒

萨拉马戈诺贝尔文学奖获奖演说[1]

1998年12月10日

我这一生中认识的最有智慧的人目不识丁。凌晨四点，当新一天的希望仍在这片法属的土地上磨蹭时，他从草垫子上翻身起床，走向田野，把六七头猪带到草场。猪的繁殖力养活了他和他的妻子。我的外公外婆生活拮据，靠着小规模的猪崽繁育谋生，猪崽断奶后卖给地处里巴特茹省[2]的阿济尼亚加村的邻居们。他们的名字分别叫杰罗尼莫·梅林霍和乔瑟法·柴辛哈，两人都是文盲。当冬夜的寒气足以让屋内罐子中的水结冰时，他们走进猪圈，把体弱的猪崽抱回屋里放在自己的床上。在粗毛毯子之下，人的体温帮助小动物们度过严寒，挽救了它们必死的命运。尽管他们俩都是和蔼可亲的人，但他们的作为

1　本文来自© The Nobel Foundation 1998，虞建华译。

2　葡萄牙历史上的一个省份，今属圣塔伦区。

并非出于一颗怜悯之心：他们没有多愁善感，也没有华丽辞藻，心之所系是保护他们的每日食粮。这对于他们而言是自然而然的，为维持生计他们学会了不去思考无用的东西。多少次我帮助外公杰罗尼莫放牧猪群；多少次我在房屋附近的菜地里挖土，劈柴生火；多少次我一圈一圈地转动抽水泵的大铁轮，从公用水井中取水，肩挑回家。多少个凌晨，我同外婆带着耙子、麻袋和绳子，悄悄躲开守护玉米地的男人，去收集残茬碎叶给家畜当褥草。有时候，在炎热的夏天夜晚，晚饭后外公会对我说："若泽，我们俩，都去无花果树下睡觉。"村里还有其他两棵无花果树，但是那一棵，当然是历经了无数岁月，最高大，也最古老的那棵，才是家中的每个人心中所指的那棵无花果树——或多或少是修辞学中所谓的借代，一个我多年后才遇到并了解其定义的学术词语……在夜的沉静笼罩之下，在高高展开的树枝中间，一颗星星出现在我的视野中，然后又慢慢躲进树叶背后，与此同时我把目光转向另一侧，看到蛋白色的银河渐渐呈现，像一条无声无息流过空旷天际的河，我们村里仍然称其为"通往圣地亚哥之路"。睡意迟来，黑夜里走进了我外公讲了又讲的故事和事件中的人物：传奇、幽灵、恐怖、奇特片段、古老的死亡、棍石冲突、祖先的遗言，说不尽的记忆中的传言，让我不想入睡，同时又轻轻地牵我进入梦乡。我从来不知道我睡着时他是否陷入沉默，或者还在继续讲他的故事，以便不留下尚未给出的解答，因为在他讲述时故意留出的大多数停顿中，我必定会提出"接下来发生了什么"的问题。也许他为自己重复这些故事，为了不忘记它们，或者添入新的细节使之更加丰满。不用说，在那个年纪——我们每个人在某个时候都那样，我想象中的杰罗尼莫外公是掌握世界上所有知识的大师。当鸟鸣声伴随着第一道晨光将我唤醒时，他已不在我的身旁，赶着牲畜去了野地，留下我继续睡觉。接着我就起身，卷起粗毛毯子，光着脚——我在村里总是光脚行走，直到十四岁——头发上仍然沾着草叶，从院子耕种过的一边走到房子旁盖着猪圈的另一边。我的外婆在我外公之前早已起身，给我端上一大碗咖啡和几片面包，问我是否睡好。如果我告诉她听了外公的故事做的噩梦，她总会消除我的担忧："别当回事，梦里的东西都是假的。"当时我觉得，虽然外婆也是个非常聪明的女人，但还没能达到外公的高度，身旁陪伴着外孙若泽，躺在无花果树下的外公，是个用几句话就能让整个宇宙旋转起来的人。许多年之后，我外公已经离开人世，我也已长大成人，那时我才意识到，其实我外婆也是相信梦的，不然的话就很难解释她说的话。一天晚上她坐在现已独居的小屋门口，盯着头上最大和最小的星星，说道："世界真美好，可惜我要死了。"她没有说她害怕死去，而是说死去很可惜，就好像她那劳碌无度、备尝艰辛的一生，几乎在最后的时刻获得了至高无上的临终告别的恩宠，获得了向她揭示的美的慰藉。她坐在小屋门前，与我能想象的整个世界中的所有其他人都不同，因为他们是可以与猪崽共享床铺，视其为自家孩子的人，也因为他们为离开人世感到悲伤，觉得世界很美。这个杰罗尼莫，我的外公，养猪人和讲故事的人，感觉到死神即将前来将他带走时，向院子里的树木一一告别，流着眼泪与它们拥抱，因为他知道自己再也无法见到它们了。

很多年以后，我第一次提笔将我的外公杰罗尼莫和外婆乔瑟法写入作品中（至此我尚未提及，据许多认识她的人说，外婆年轻时是个相貌出众的女子），当时我才终于意识到，我正在将普通人转化为文学人物：这也许是我不让他们从记忆中淡去的方法。我用铅笔一遍一遍地描绘他们的面容，不断改变记忆，不断为单调乏味且无休无止的日常劳作添加色彩和光亮，就好像在不稳定的记忆的地图上创造栖居生存于此的那些人，表现这个国家超自然的非现实。同样的心理态度，在记忆中唤起某个北非柏柏尔人祖父迷人而神秘的形象之后，引导着我用差不多如下的文字描述一张我父母的老照片（已有近八十年的历史）："两人都站着，漂亮而年轻，面对着摄影师，脸上显露出隆重而严肃的神情，也许是镜头即将捕捉他们不再会拥有的形象的那一片刻在照相机面前的恐慌，因为随后而来的一天不可改变的将是另外一天……我母亲将她的右手肘倚靠在高高的柱子上，右手拿着一朵花，缩向身体。我父亲用手臂搭着我母亲的背，长茧的手出现在她的肩膀上方，像只翅膀。他们在一条树枝花纹的地毯上腼腆地站立着。撑开的帆布假背景上是模糊不清的新古典主义建筑，显得格格不入。"我这样结束："会有一天我将讲述这些事情。这些事情无足轻重，但对我则不然。一个北非柏柏尔人的老祖父，一个养猪的老外公，一个异常漂亮的外婆；严肃但不失英俊的父母，照片中的一朵花——我还在乎什么家族谱系？还有什么更好的大树我可以倚靠？"

　　这些文字是我大约三十年之前写下的，没有其他目的，仅仅为了重建和记录那些造就了我、与我最亲近的人的生活的瞬间，相信不用对那些人做任何其他解释，便可让人知道我来自何处，是何种材料制成，又一点一点地变成了什么。但我的想法终究是错误的。生物学并不决定一切，至于遗传基因，它进行如此长途旅行的路径一定非常神秘……我的家族谱系（原谅我妄自尊大使用这样一个字眼，而实质上却是如此微不足道）不仅缺少时间和人生连续遭遇促成的从主干衍生的那些枝条，还缺少帮助其根系深深扎入地下土层的人，缺少能够辨清其连贯性和果实风味的人，也缺少展开和加固树冠使之成为候鸟栖居与筑巢之地的人。当我试图用文学的颜料对我的父辈和祖父辈进行描绘，用新的、不同的方式表现我人生的建筑者，把他们从有血有肉的普通人转化为人物时，我并没有意识到走进了一条小道。在这条小道上，我后来塑造的人物，还有其他真正的文学人物，将会建构，将会带给我材料和工具。这些东西最终，不管是好是坏，够与不够，是获益还是受损，总体而言太匮缺，但某些方面又太丰盈，造就了我现在认为是自己的那个人：那些人物的创造者，同时又是他们自己所创造的。在某种意义上甚至可以这么说，一个字母接一个字母，一个词接一个词，一页接一页，一本书接一本书，我成功地在我自己身上植入了我塑造的人物。我相信没有他们，我不可能成为今天的我；没有他们，我的人生也许不会成功超越一张蹩脚的草图。或者像一个众人憧憬却无法兑现的许诺；或者是一场前程可观但到头来一事无成的人生。

现在我清晰地认识到那些人是我人生的师父，他们是最真诚地教会我以艰辛劳作来面对生活的人。我看到我的小说和剧本中的几十个人物跃出纸面，此时正从我眼前大步走过。我相信自己作为故事叙述者，那些笔墨创造的男人和女人，是按我的心念导出的，服从我作为作者的意愿，像会说话的木偶，而他们的行为，就如我操控他们时施加的力量和牵动绳索那样对我全无影响。这些师父中的第一位无疑是个平庸的肖像画师，我姑且简单地称其为H，是一则标题为《油画与书法手册》的故事中的主要人物。我觉得这一则故事可以合理地称作双重成长小说（小说人物的成长，但从某个层面说也是作者的成长故事）。这个人物教会我简单的诚实，即看到、认识到自己的不足而不带愤怒或挫折感：由于我不能，也无意，跨出自己耕作的小片田地，留下的可能性只有朝下，挖下去，直到根部，直到我自己的同时也是世界的根源。请原谅我如此大言不惭。当然，努力产生的结果价值如何，不是由我来做出评定的。但是今天我认为，自那以后我的所有作品都遵循了那个目标与原则，这一点显而易见。

接着走过来的是阿兰特乔的男人和女人，与我外公杰罗尼莫和外婆乔瑟法同属被诅咒的土地上的兄弟。这些原始的农民家贫如洗，在只配得上被称作恶劣的工作条件下劳作，不得不出卖自己手臂的力量，以换取一份工资，其生活与我们自豪而满足地称为——依情况而定——有教养或文明的人们精致、神圣、高贵的生活相比不啻天渊。他们是我熟知的普通人，那些受到教会——既是政权和地主的同谋也是受惠者——蒙骗的人，那些永远是警察关注对象的人，那些无数次武断的虚假正义的无辜受害者。在书名为《从地上站起来》（*Levantado do Chão*）的小说中，农民贝德韦瑟一家三代人经历了从二十世纪初到1974年推翻了独裁统治的四月革命。这些从地上站起来的男人和女人，开始是真实的人，后来成了小说形象。我学会了耐心，相信时间，信任时间，让时间同时建构并摧毁我们，以便为再一次摧毁而重新建构。我唯一无法确信是否能欣然接受的，是艰辛的人生经历转化成了那些男人和女人的善德：一种对待生活的自然节制态度。二十余年之后，那些从生活中学得的教益在记忆中依然栩栩如生，在头脑中完好保存，每天都能感到它在我精神上的存在，像持续不断的召唤：我没有失败，至少还没有，阿兰特乔广袤无际的平原催我多多进取，给我接近崇高荣耀的榜样的希望。时间将会做证。

我能从一个生活在十六世纪的葡萄牙人身上得到什么教益呢？此人出版了《诗韵集》（*Rimas*），在《卢济塔尼亚人之歌》中描述了荣耀之争，船难和民族的幻灭，绝对是我们文学中最伟大的诗歌天才，不管这样的评价会给自诩为"超级卡蒙斯"的费尔南多·佩索阿带来多少悲痛。所有我能从中学习并得到适合于我的教益的，简简单单就是路易斯·瓦·德·卡蒙斯纯粹的人性。比如说一个作者以不失自尊的谦卑，一家一家去敲门，寻找愿意出版他书写之作的人，在此过程中遭受到抱有身份和种族偏见的不学无术之人的轻视，受到一个国王和他有权势的随从轻蔑的冷落，受到这个世界款待来访诗人、空想家和傻瓜同样的一如既往的嘲讽。每个作者的人生中至少曾经有过一次，或将会遭遇，尽管他没有写过诗作《流逝河水的岸边》（*Sôbolos rios*），路易斯·德·卡蒙斯的经历……踌躇于贵族、国王随从和宗教裁判所的审查中间，或昔日的爱恋和未老先衰的幻灭中间，或写作的痛苦和完成创作的喜悦之间。是这个病快快的男人，从众人前往寻求发迹的印度两手空空归来；是这个瞎了一只眼睛、灵魂受创的人，是这个与任何财富无缘、在王宫里博不到任何女士倾心的人，却把一部名为《这本书我该怎么办？》（*Que farei com este livro?*）的剧作搬上了舞台。该剧的结尾重复了另一个唯一真正重要的问题，一个我们无法知道是否最终会有充分答案的问题："这本书你们该怎么办？"他同样以这种不失自尊的谦卑，胳膊下夹着一部杰作的书稿，不公正地被全世界拒绝。不失自尊的谦卑也相当固执地等待着了解，到了明天，我们写的那些书的目的将是什么，同时马上怀疑它们是否会留存一段时间（多久）。等待着给予我们肯定的理由，或者自己给自己的理由。受骗最深的人是允许别人欺骗自己的人。

又有两个人朝我走来，那个男人在战争中失去了左手，那个女人来到这个世界时就携带着能够看透他人皮肤的神奇魔力。他的名字叫巴尔塔萨尔，绰号"七太阳"；她被人称为布里蒙达，后来也被叫作"七月亮"。因为书中这么写道，天上有个太阳，那么必须有个月亮，只有两者和谐地出现并通过爱两相结合，地球才能成为宜居之地。还来了一个名叫巴尔托洛梅乌·洛伦索的耶稣会传教士，此人发明了一台能够飞上天空的机器，助推飞行的不是任何燃料，而是人的意愿。人们说意愿可以成就任何事情，但意愿不能，或者不知如何，或者至今尚不愿意成为带来普惠或普遍尊重的太阳和月亮。这三位葡萄牙傻瓜来自十八世纪，彼时迷信泛滥，宗教审判之火熊熊燃烧，一个爱慕虚荣、妄自尊大的国王大兴土木，下令建造一座修道院、一座宫殿和一座大教堂，让世人惊叹不已。这一想法也基于一个非常小的可能性，那就是世界具有足够的眼力可以看到葡萄牙，有了布里蒙达的眼睛，可以看到隐藏的东西……朝这里又走来了成千上万的男人，脏手上长满老茧，身体疲惫不堪，年复一年……又出现一块又一块的石材，工程浩大的修道院外墙，巨大的王宫厅堂，石柱与壁柱，高耸入云的钟塔，悬空的大教堂穹顶。此时音乐声悠悠传来，是意大利音乐家多美尼科·斯卡拉蒂拨弦的大键琴，他茫然不知此时应该表现欢乐还是悲泣……这就是《修道院纪事》的故事，得益于多年前同他外公杰罗尼莫和外婆乔瑟法一起生活时学到的东西，这位学徒作者在其中写下了一些类似的不乏诗意的话语："除妇人之谈外，梦是牵住世界在轨道上运行的力量，但梦也用月亮为世界加冕，这就是为什么男人头脑中的天空如此恢宏，除非男人的头脑就是唯一的天空。"诚心所愿吧。

关于诗歌，那个少年已经略有所知，他是从里斯本技术学校的课本中学得的。他在该校受训，为他的劳工生活做准备：当技工。他在公共图书馆度过长长的夜晚，与诗歌大师相遇。他随意阅读，从目录中翻寻，没有人提供指导，也没有人提出建议，全凭着水手的想象创造他发现的每个地方。《里卡尔多·雷耶斯离世那年》的创作始于技术学校的图书馆中……在那里，有一天年轻的技工（他将近十七岁）发现一本名为《雅典娜》的杂志，里面有里卡尔多·雷耶斯署名的诗歌。由于他对自己国家的文学地图知之甚少，他以为真有个名叫里卡尔多·雷耶斯的葡萄牙诗人。但是他很快发现这个诗人其实是费尔南多·佩索阿，他编造出子虚乌有的诗人姓名发表作品。他将其称为"异名者"，这个词在当时的词典中尚不存在，正因如此，那位文学学徒难以知晓它所指何物。他把不少里卡尔多·雷耶斯的诗歌熟记在心（"追求伟大，你需要／着眼于面前的细微"[1]）；但是尽管年少无知，不明事理，他仍然无法接受一个崇高的头脑真的能够不带悔恨写出如此残忍的诗行："智者安于世界现状。"后来，那位学徒已白发苍苍，自己也更加明智，斗胆写了一部小说向这位写颂歌的诗人展示1936年的世界现状，让他度过生命中的最后几天：纳粹军队占领了莱茵区，佛朗哥向西班牙共和政府发起战争，萨拉查政府建立葡萄牙法西斯组织。他以这种方法告知："我沉静悲悯、优雅多疑的诗人，这就是世界的现状。观赏吧，睁眼看吧，既然安坐是您的智慧……"

《里卡尔多·雷耶斯离世那年》以如下悲伤的描写作为结尾："在这里，海洋终止，陆地等待着。"就这样，葡萄牙不

---

1 本文译文为译者虞建华新译。——编者注

再有新的发现，命定永久地等待着甚至不可想象的未来；只有往常忧伤的思乡曲，同样古老的思愁，还有一点儿……那时，那个学徒有了新的想象，可能仍然有办法重新将航船送出海洋，比如说，移动一片陆地，将陆地送入海洋。作为历史上葡萄牙人对欧洲鄙视的集体愤怒的直接后果（更准确地说是我自己愤怒的结果），我当时创作了长篇小说——《石筏》——关于整个伊比利亚半岛摆脱了欧洲大陆，变成一块巨大的漂浮的岛屿，不用桨，不用帆，不用螺旋推进器，完全自行朝南方漂行，"石头和土地的巨块，满载着城市、村庄、河流、树林、工厂、灌木丛和田地，带着人和动物"驶向一个新的乌托邦：半岛的人们与大西洋另一边的人们举行文化会议，因此反抗——我的策略非常过分——美国在那个地区实施的令人窒息的统治……从一个双重乌托邦的视野，可以在这部政治小说中看到一个更加宽泛的人类的比喻：欧洲，整个欧洲应该移向南方以帮助平衡世界，作为对先前和当下的殖民主义伤害的补偿。也就是说，欧洲最终是个道德喻指。《石筏》中的角色——两个女人、三个男人和一条狗——在半岛漂行于大洋的过程中持续穿越旅行。世界正不断变化，他们知道必须找到自己将要充当的新角色（更不用提那条狗了，它与其他狗类不同……），对他们而言，这就够了。

那时，学徒想起在他创作生涯以前，他曾干过校对员的职业，也就是说，如果在《石筏》中他修订了未来，那么现在动手修正过去可能也不是个坏主意。这引向了一部名为《里斯本围城史》的长篇小说的创作，其中一名校对员正核对一本同名的书，但不是小说，而是一本真正的历史著作时，因看到"历史"如何越来越不足以让人惊奇，感到无聊，决定将书中的"非"改为"是"，以肯定取代否定的内容，从而颠覆"历史真理"的权威。雷蒙多·席尔瓦，那个校对员，一个简单的普通人，与大众的不同之处在于他相信所有事情都有看得见的一面和隐藏的一面，除非我们看得见事情的两面，不然就对事物一无所知。他同历史学家讨论了这一方面："我必须提醒您，校对员都是很严肃的人，在文学和生活上都有丰富的经验。请别忘了，我的书关系着历史。然而，由于我无意指出其他方面的矛盾，以鄙人之见，先生，所有不是文学的东西都是生活。历史也一样？历史尤其如此，这么说并没有冒犯之意。还有绘画和音乐，音乐自诞生以来就不断抗拒，反反复复，试图摆脱文字的羁绊。我认为这是出于嫉妒，但最终还是甘愿称臣。还有绘画。好吧，现在绘画只不过是用画笔描述的文学。我相信您没有忘记人类在学会书写很久之前，就已经开始绘画了。您熟悉'如果你没有狗，带着猫去打猎'这个谚语吗。换言之，一个人如果不会书写，那么就像个孩子那样去描，去涂。您试图说明什么，换句话说，文学在诞生之前就已经存在。是的，先生，就像人一样，可以这么说，到来之前已经存在了。您给我的印象好像找错了职业，您应该成为一个哲学家，或者历史学家，您具有这两个专业所需的天赋和气质。我缺少必要的训练，先生，一个没有经过专业训练的普通人能成就什么，我带着正常基因来到这个世界就已经算是幸运的了，但是现在处于夹缝生存的状况，而且没有受过小学之后的教育。您可以以自学者的身份标识自己，通过自己的刻苦努力取得成果，没有什么不光彩的地方，昔日的社会以自学成才者为荣。已经不一样了，社会进步让这种现象不再可能，现在人们对自学者不屑一顾，只有那些写娱乐诗和消遣故事的人才有资格被称为自学成才，祝他们好运。至于我自己，我无须隐瞒自己对文学创作并无特殊专长的事实。当个哲学家，伙计。您真有幽默感，先生，具有出色的反讽天赋，我心中不解，您为何投身于历史研究，那可是一门严肃且深奥的科学。我只在真实生活中挖苦讽刺。我总认为历史不是真正的生活，文学是，其他都不是。但历史在还不能称其为历史的时候曾经是真实生活。所以您相信，先生，历史就是生活。当然，我相信。我的意思其实是历史曾经是真实生活。那是不容置疑的。如果没有删除键，我们会变成怎样，校对员叹了口气说。"说明这一点全无必要，那位学徒与雷蒙多·席尔瓦一起学会了质疑。时机将临。

也许学会质疑的课程帮助他度过了创作《耶稣基督眼中的福音书》的历程。的确如他所说，书名来自一个视觉上的幻象，但或许有人会提出这样的问题：新作是不是那位校对员清醒思考的范例，因为此人长期以来一直在打理着新小说得以冒芽的土壤。这一回情况有所不同，不是从《圣经·新约》的书页背后寻找对照，而是把强光投射到书页的表面，就像细察一幅油画那样，用低光凸显其油彩的起伏和交错的痕迹，观察低凹的阴影。这一次，在福音派人物的围观之下，那位学徒就是这样阅读的，就好像这是对无辜者进行大屠杀的第一次描述，而读过之后，他无法理解。他无法理解为什么在人们听到创始者最初宣告教派成立的前三十年，就已经有了该教的殉道者；他无法理解为什么唯一有能力作为的人不敢去拯救伯利恒的孩子们的性命；他无法理解约瑟与家人从埃及归来之后没有了最起码的责任感、自责和负罪感，甚至连好奇心也丧失殆尽，甚至无人能找到辩解的理由：伯利恒的孩子们有必要去死，以便拯救基督的性命。这里统领所有凡俗和神圣事务的简单常识都提醒我们，上帝不会派他儿子，尤其不会派他带着救赎人类罪孽的使命降临人间，在两岁那年面临被希律王的士兵砍下头颅而死的命运……由于情节跌宕，那位学徒带着崇高的敬意写下的那篇《福音》中，约瑟将意识到自己的罪责，接受自己犯下罪孽的惩罚，充满悔恨，几乎没有抵抗就被带去处死，就好像这是留下的最后可做的事情，与世界结清账目。结果是，那位学徒的《福音》并不是又一篇具有教化意义的圣人与天神的传奇，而是几个困于权力争斗却无法获胜的凡人的故事。耶稣将会继承他父亲曾穿着走过许许多多乡村道路的那双蒙着尘土的凉鞋，也会继承他父亲不幸的责任感和负罪感。这种负罪感永远不会离他而去，甚至隐含在他的十字架上方大声说出的话中——"诸位，原谅他，因为他知道自己做了什么"，意指派他去往该处的上帝，但如果在最后的痛苦中他依然记得赐予他血肉之躯的生父，也许也是说给他听的。如你所见，当他在那部异端邪说的《福音》中写下耶稣与记录者之间于圣殿交谈的最后话语时，这位学徒已经完成了长距离的旅行："负罪感是一头吞食了父亲又吃幼崽的狼，接着很快会轮到你。你怎么样，以前被吞食过吗？不仅吞吃，还呕吐出来。"

如果查理大帝没有在德国北部建造修道院，如果那座修道院不是明斯特城的源头，如果明斯特城没有为其第十二个百年庆典安排一场关于恐怖的十六世纪中新教安曼教徒与天主教徒之间战争的戏剧演出，那么，那位学徒就不会去写他那部《以上帝的名义》的戏剧作品。又一次，在除了一丝理性之光没有任何其他帮助的情况下，那位学徒必须穿过能轻易挑起人类互相杀戮的、令人费解的宗教信仰迷宫。他又一次看到偏狭的丑陋面罩，那种偏狭在明斯特城疯狂发作，玷污了双方都声称誓死捍卫的事业。因为这不是以两个敌对上帝的名义进行战争的问题，而是在同一个上帝的名义下的战争。明斯特的安曼教徒与天主教徒都被自己的信仰蒙住了眼睛，无法理解所有证据中最显而易见的证据：待审判日到来之时，双方上前接受他们在人世间的所作所为应得的褒奖或惩罚，上帝——如果他裁决的尺度多少接近人类的逻辑——就不得不接受他们进入天堂，理由十分简单，因为他们都抱有对他的信仰。明斯特的恐怖屠杀让那位学徒得到教益：尽管给出了无数许诺，宗教从来不是用来把人们团结在一起的，所有战争中最荒诞的是宗教圣战，因为即便上帝希望如此，也不能向自己宣战……

失明症而已。那位学徒心想："我们患了失明症。"他坐下来开始写《失明症漫记》，希望提醒可能阅读该书的人，如果我们亵渎生活的尊严，我们也就扭曲了理智；而人的尊严每天都会受到我们世界中权势者的侮辱；普遍的谎言已经替代了多元的真理；人一旦失去来自其他成员的尊重，他也就不再尊重自己。接着，那位学徒就好像试图驱除理智、蒙昧产出的怪兽，开始写所有故事中最简单的故事：一个人寻找另一个人，因为他意识到生活没有向人类提出任何其他重大要求。这本书就是《所有的名字》。虽然并未写出来，但是我们所有的名字都在那里。那些活着的人的名字和死去的人的名字。

我在此归总。希望阅读这些稿纸的声音成为我的人物共同呼声的回响。事实上我没有他们所发出的呼声之外的其他声音。如果对您来说仅为管窥蠡测，请原谅我，但对我而言则是所有。

马上扫二维码，关注“**熊猫君**”

和千万读者一起成长吧！